EL BARCO DE VAPOR

Rastro de Dios y otros cuentos

Montserrat del Amo

Ilustraciones de Noemí Villamuza

sm

Primera edición: junio 1981
Vigésima tercera edición: mayo 2006

Dirección editorial: Elsa Aguiar
Ilustraciones y cubierta: Noémi Villamuza

Impresores, 15 - Urbanización Prado del Espino
28660 Boadilla del Monte (Madrid)
www.grupo-sm.com

CENTRO INTEGRAL DE ATENCIÓN AL CLIENTE
Tel.: 902 12 13 23
Fax: 902 24 12 22
e-mail. clientes.cesma@grupo-sm.com

ISBN: 84-675-0193-6
Depósito legal: M-21723-2006
Preimpresión: Grafilia, SL
Impreso en España/*Printed in Spain*
Orymu, SA - Ruiz de Alda, 1 - Pinto (Madrid)

Rastro de Dios

SE llamaba Rastro de Dios. Así lo había apuntado San Miguel, capitán de todos los Ángeles, al final de su lista. Porque San Miguel tuvo que hacer una lista con los ángeles fieles, y apretar las filas de su ejército, para que no se notase el hueco que habían dejado los ángeles malos.

A todos les puso su nombre, empezando por Gabriel, el ángel que Dios había creado para anunciar al mundo la más importante noticia, y después apuntó a Rafael, que había de acompañar a Tobías en su viaje, y que desde entonces se cuidaría de conducir, sanos y salvos, a todos los viajeros.

Y así fue poniendo a todos su nombre hasta que solo quedaba uno: un ángel chiquitín y torponcillo, que no sabía apenas volar.

San Miguel había encargado a un ángel grande y fuerte, que se llamaba Fortaleza de Dios, que le enseñase; pero todo fue inútil. Él sólo sabía volar en el rastro luminoso que dejaba Dios a su paso: como una callecita de luz. Allí sí; allí el ángel chiquitín extendía las alas, y volaba sonriendo feliz; pero en cuanto se descuidaba un poquito y se salía de las huellas de Dios, o se retrasaba demasiado y perdía la luz, sentía un peso de plomo en las alas y empezaba a caer, a caer, hasta que algún ángel lo recogía, y volvía a colocarlo en la callecita, donde el ángel chiquitín volaba feliz, sintiéndose seguro como un niño en su cuna.

Por eso, cuando San Miguel-Capitán hizo su larga lista con el nombre de todos los ángeles, escribió el último: Rastro de Dios, para que así se llamase en adelante el ángel chiquitín.

Y dijo San Miguel:

—Ten cuidado, Rastro de Dios, y no te apartes de sus huellas, porque Dios va a crear el mundo y los hombres nos darán mucho trabajo, y, si te caes, tal vez no podré mandar un ángel para que te recoja.

Y San Miguel miraba compasivo a Rastro de Dios, pensando qué sería del ángel chiquitín, perdido en el espacio. ¡Un ángel tan torpe que ni siquiera sabía volar!

Rastro de Dios dijo que sí, que tendría cuidado, y desde entonces seguía a Dios a todas partes muy de cerca, sin distraerse un momento para no perder la calle de luz que dejaba al marchar.

Por eso vio muy bien cómo creó Dios, el primer día, el cielo y la tierra, que solo eran, al principio, un montón de barro oscuro; y Dios dijo:

—Sea la luz.

Y dividió después la luz de las tinieblas, y a la luz la llamó día y a las tinieblas, noche.

Rastro de Dios miraba todo, muy asombrado, y repetía por lo bajo las nuevas palabras que pronunciaba Dios, y decía bajito:

—Día... día... día... día...

Y después:

—Noche... noche... noche... noche...

Para que no se le olvidasen, porque eran muy bonitas palabras.

Tan ocupado estaba en estas cosas que se quedó un poco retrasado y ya no le alcanzaba del todo la luz de las huellas divinas. Tropezó en el aire, porque se le enredaban las alas torponas. Tuvo miedo de caer; y hubiera sido terrible, porque todos los ángeles estaban mirando la creación y nadie se hubiera ocupado de recogerlo. Hizo un esfuerzo y movió las alas. Cuando llego junto a Dios, comenzó el día segundo. La voz divina decía:

—Hágase el firmamento en medio del agua.

Al firmamento lo llamó cielo.

Rastro de Dios empezó a decir:

—Cielo... cielo... cielo...

Pero era esta una palabra más difícil que las otras. Por eso tuvo que repetirla muchas veces, y sin darse cuenta empezó a decirla en voz alta:

—Cielo... cielo...

Sabiduría de Dios, un ángel muy listo que estaba a su lado, le dijo muy enfadado que se callase, porque estaba molestando a todos, y que no hacía falta repetir tantas veces la palabra cielo porque era muy fácil de aprender.

San Miguel preguntó qué pasaba y, aunque hizo callar a Rastro de Dios, no le regañó porque al fin y al cabo era el más pequeño de todos los ángeles. Había que tener paciencia con él.

Se fue, moviendo las alas lentamente, y pensando lo poco que iba a servir un angelito tan torpón.

En esto, empezó el día tercero, porque en el cielo los días pasan tan deprisa como una tarde de vacaciones.

Dios dijo:

—Que se junten en un sitio las aguas reunidas que están debajo del cielo y aparezca lo seco.

A lo seco llamó tierra y al agua reunida, mar. Hizo nacer la hierba y las plantas y los árboles. Puso Dios en todos los frutos las simientes, para que más tarde se pudiera sembrar, y así, cuando se secasen las que había creado, nacieran otras nuevas.

Rastro de Dios estaba maravillado, y pensaba qué más cosas podría crear Dios los otros días, cuando las que había hecho eran tan bonitas. Y volaba impaciente, esperando a que empezase el día cuarto.

Dijo Dios después:

—Haya luceros en el firmamento del cielo, que distingan el día y la noche, y sirvan de señal a los tiempos y los días y los años. Brillen en el cielo e iluminen la tierra.

Rastro de Dios lo entendía todo muy bien, gracias a que los días anteriores se había aprendido las palabras, y por eso sabía lo que eran la tierra y el cielo, el día y la noche.

Vio cómo creó Dios el sol, tan grande y luminoso que solo Dios podía mirarlo sin deslumbrarse y tocarlo sin quemarse.

Y después la luna, más chiquita, blanca y juguetona como una pelota, que parece divertirse escondiéndose a veces en la noche. También hizo Dios las estrellas, ¡miles!, que iban saliendo bellísimas de sus manos, llenas de luz. Unas eran blancas, muy blancas y pequeñas. Otras, de colores. Todos los ángeles tuvieron trabajo colocando estrellas donde Dios les decía. Todos volaban de un sitio para otro, y se podía seguir su vuelo por la raya luminosa que trazaban en la noche las estrellas, que llenaban todo el firmamento, y el cielo parecía la Plaza Mayor en una noche de fuegos artificiales.

Todos los ángeles volaban colocando estrellas, menos Rastro de Dios. Y es que San Miguel le había dicho que no se moviera, no se fuera a perder entre tanto jaleo, porque ahora sería muy difícil buscarlo entre tantas cosas como había creado Dios.

Allí estaba San Rafael, ocupándose de colocar, de modo bien visible, la Estrella Polar, esa que siempre señala el Norte, para que guiase a los navegantes.

Allí iba Fortaleza de Dios, con una estrella tan grande que ningún ángel había podido moverla, mientras que él la llevaba sin ningún esfuerzo.

Sabiduría de Dios, como un guardia celestial, dirigía el tráfico para que ninguno chocase.

Miles de ángeles iban y venían, y cuando veían a Rastro de Dios con las alas plegadas, sonreían con un poco de compasión, pensando: «Nunca valdrá para gran cosa. ¡Un ángel que ni siquiera sabe volar bien!».

Rastro de Dios no se daba cuenta de sus burlas, porque solo le daba tiempo para mirar, con los ojos muy abiertos, tan fantástica fiesta de luz.

En un momento estuvieron colocadas todas las estrellas. El cielo había quedado precioso.

Todos los ángeles se volvieron a Dios para alabarlo.

Y entonces se dieron cuenta de que no habían terminado todavía, porque aún faltaba una estrella por colocar.

Era una estrella blanca, no muy grande, y Dios la tenía en su mano derecha.

Los ángeles empezaron a preguntarse dónde habría que colocar aquella estrella, porque el cielo estaba lleno, y todas tan bien colocadas y dispuestas que parecía imposible poder meter ninguna otra.

Y un ángel dijo:

—Esa estrella sobra. Habrá que tirarla.

Y otro:

—Seguramente es que ha salido una estrella de más.

Dios, en silencio, bajó la mano derecha. A su lado estaba Rastro de Dios, mirándole embobado. Dios se agachó más aún y le entregó la estrella. Rastro de Dios la cogió con muchísimo cuidado, no se le fuera a caer. Creyó que solo la tendría un momento, mientras Dios decía a algún ángel mucho más listo, más bello y más forzudo que él, dónde debía colocarla; pero Dios no dijo nada, vio que todo estaba bien, y así terminó el cuarto día.

La estrella no era muy grande, pero Rastro de Dios era tan pequeño que, así, de pie como estaba, casi no la podía sostener.

Era preciso tenerla más segura. ¿Qué diría San Miguel si la dejaba caer? Se

fue agachando, agachando, hasta quedarse sentado, con las piernas estiradas y la estrella sobre las rodillas. ¡Así! ¡Muy bien! Sentía un calorcito muy agradable y una gran luz. Apenas podía ver nada porque se lo tapaba la estrella, pero no le importaba, porque estaba cumpliendo un encargo de Dios.

El día quinto, Dios se fue a crear los peces y Rastro de Dios no pudo seguirlo porque la estrella pesaba mucho y le fue imposible levantarse.

A la noche, los ángeles vinieron a contarle cómo eran los peces y las aves, y al otro día, los animales.

Por último, le dijeron cómo era el hombre, imagen y semejanza de Dios, pero por más que se lo explicaron, Rastro de Dios no pudo imaginárselo.

El día séptimo del mundo fue de descanso para todos, y Rastro de Dios durmió la siesta, con la cabeza apoyada en la estrella.

Tenía razón San Miguel-Capitán. Enseguida los hombres empezaron a dar mucho trabajo. Eran rebeldes, y desobedecieron a Dios; orgullosos, y quisieron igualarle. Como esto no era posible, Dios, con mucha pena porque les había cogido cariño, tuvo que castigarlos; pero enseguida les prometió un Salvador, que había de nacer, vivir y morir entre ellos, para redimirlos.

Para que los hombres no se olvidasen de la promesa, les mandaba de vez en cuando a sus ángeles a que se la recordaran, y también, en muchas ocasiones, para ayudarlos.

Y dio a cada hombre un Ángel de la Guarda, mensajero entre Dios y el hombre.

San Miguel sacó su lista e hizo una cruz al lado de todos los ángeles que habían sido nombrados guardianes de los hombres. Y al lado de la cruz, puso el día y la hora en que debían ser enviados a la tierra. Una copia de esa lista se la dio al ángel llamado Providencia de

Dios, para que recordara a cada uno cuándo debía echar a volar.

Con esto se armó un continuo ir y venir del cielo a la tierra y de la tierra al cielo, y podía oírse a todas horas el vuelo de los santos ángeles.

Todos andaban muy ocupados y nadie hacía caso de Rastro de Dios, que estaba ahí, sentado desde el principio del mundo, con la estrella entre los brazos, muy quietecito, no la fuera a perder.

Rastro de Dios no se aburría. Miraba lo que podía por encima de su estrella y escuchaba las palabras que decían los ángeles al pasar.

A fuerza de verle así años y años, ya nadie le llamaba Rastro de Dios sino El Sentao. Tanto que llegaron a olvidar su verdadero nombre.

Un día, un ángel había ido a la tierra por encargo de Dios, para pintar, por primera vez, el Arco Iris. Era un encargo muy importante, pues lo pintó sin regla ni compás, en medio de la lluvia, cui-

dando de que no se le mancharan los colores mezclándose unos con otros, y terminándolo muy bien, hasta rozar los árboles. Resultó que, cuando el ángel que se llamaba Belleza de Dios estaba dando los últimos toques, un pajarito se le enredó en las alas, y como Belleza de Dios tenía mucha prisa en acabar el Arco Iris y ver cómo había quedado, no se ocupó del pájaro, que subió en las alas del ángel hasta los cielos.

Belleza de Dios pasó junto al Sentao, que nunca había visto un pájaro. El ángel le dijo al verlo:

—Belleza de Dios, qué flor más bonita has traído de la tierra.

Belleza de Dios le explicó que no era una flor sino un pájaro de los que había creado Dios en el quinto día, y que podía volar, como los ángeles, y que también sabía cantar. Desenredó al pajarito de entre las plumas de sus alas y se lo dio al Sentao.

—Toma.

El Sentao, con mucho cuidadito, retiró una sola mano de la estrella y sintió sobre la palma al pajarito, que enseguida echó a volar. Y el Sentao quedó maravillado de lo bien que volaba.

Belleza de Dios le contó entonces muchas cosas de lo que había visto en la tierra, y hasta pintó para él un Arco Iris chiquitín con los colores que le habían sobrado.

El Sentao escuchaba con tanta atención que daba gusto contarle historias; y desde entonces los ángeles que llegaban de la tierra se acostumbraron a detenerse un momento a su lado.

Así supo cómo salió de Egipto el pueblo de Dios, y cómo fue conducido por el desierto hasta la Tierra Prometida, y cómo sonaba, profunda y grave, la voz de los profetas.

El Sentao escuchaba maravillado las historias de la Tierra, y le parecía que los otros ángeles eran muy listos y muy valientes. Nunca se hubiera atrevido él a entrar en un horno ardiendo para refrescar con el viento de sus alas a los tres jóvenes que ese Rey Nabucodonosor –de nombre tan difícil– había arrojado allí por no adorar la estatua de su ídolo.

Y menos aún se hubiera atrevido a bajar a la cueva de los leones y cerrarles la boca con sus propias manos, para que no hicieran ningún daño al profeta Daniel.

Era una suerte que Dios le hubiera dado un encargo tan fácil como ese de guardar una estrella; porque así, sentado como estaba, no había peligro de que se le cayese, y cuando Dios quisiera la podía venir a recoger.

El Sentao estaba contento.

Fueron pasando los siglos y llego al fin el tiempo de la Gran Promesa.

Todo estaba muy bien preparado. San Miguel-Capitán había mandado un ángel para que cuidase del musgo y de las pajas que estarían en la cunita del Niño Jesús; para que las pajas fueran creciendo muy finas y doradas y el musgo muy verde y fresco.

También había buscado el buey y la mulita que calentarían con su aliento el portal; la mula fue elegida toda gris, como la plata, y el buey marrón, como el chocolate.

Los ángeles que debían cantar «Gloria a Dios en las Alturas», llevaban meses ensayando, y desde todos los rincones del cielo se podía oír tan bonita canción.

Así fue como el Sentao se enteró de lo que iba a pasar. Porque en los últimos tiempos andaban los ángeles tan ocupados que ya no se paraban a contarle nada, pensando que no podían perder su tiempo en charlas con aquel angelito bobalicón, del que parecía haberse olvidado Dios.

Al fin llegó el 24 de diciembre y aquella había de ser la primera Nochebuena del mundo.

Una larga fila de ángeles cantores estaba preparada para echar a volar, con sus alas llenas de luz y la boca llena de alegría, y ya no podían estar callados por más tiempo, como pasa cuando queremos dar una sorpresa a mamá, que solo se puede callar un poquito, pero que enseguida se tiene que decir, porque se escapa.

Así estaban los ángeles esperando la señal de Dios, porque la noticia que ellos llevaban al mundo era la mejor de todos los tiempos, y se les escapaba la alegría en su canción. Y San Miguel-Capitán tenía que estar mandándolos callar todo el rato.

Porque todos esos ángeles eran los que debían anunciar a los pastores que había nacido el Hijo de Dios.

Dios vio que todo eso estaba muy bien, pero dijo que faltaba algo.

San Miguel-Capitán se puso colorado, porque todos los ángeles lo miraban con reproche. ¿Cómo había podido olvidar algo en una noche tan importante? Escondiendo la mano, contó con los dedos: el pesebre, la paja, la mula y el buey, los ángeles cantores... Cuatro cosas. ¿Qué más podía faltar?

¡Faltaba la estrella! ¡La Estrella de los Reyes Magos! ¡Esa Estrella que había que enviar muy lejos, para que guiase a los Santos Reyes hasta el Portal! San Miguel-Capitán lo organizó todo en un momento: llamó a Belleza de Dios para que eligiera la estrella más bonita de todas, a Sabiduría de Dios para que pensase qué camino había de seguir para ir a cogerla, y a Fortaleza de Dios para que la llevase.

Pero lo cierto era que Dios, hacía ya mucho tiempo, había creado una estrella especial para este momento.

—¿Una estrella sin usar?

Sí, eso era: ¡una estrella nueva del todo! San Miguel, guiado por Rafael y seguido por los tres ángeles, Belleza de Dios, Sabiduría de Dios y Fortaleza de Dios, se fue al sitio donde se guardaban las cosas nuevas.

Había muchas plantas, fuego, nubes y luces preciosas, pero no había ninguna estrella.

Volvieron cabizbajos delante de Dios. Sí, Él había creado una estrella para que se estrenase en este momento, y se la había dado a guardar a un ángel.

—¿A un ángel? ¿A qué ángel?

San Miguel buscó su lista. La llevaba siempre guardada entre la armadura y el cinturón de la espada. Tan apurado estaba que no la encontró. Siguió buscando en todos los bolsillos... ¡pero nada! Se le había caído en el sitio de las cosas nuevas, cuando levantaba, ayudado por Fortaleza de Dios, una nube muy grande para ver si estaba la estrella debajo.

Orden de Dios, un ángel que estaba encargado de que todo estuviera siempre muy limpio y ordenado, acababa de encontrar la lista y vino en un vuelo a dársela a San Miguel.

La lista estaba bastante vieja, muy

gastada por los dobleces, de tanto sacarla y volverla a guardar.

¿Cómo se llamaba el ángel?

Dios todo lo sabe. Se llamaba Rastro de Dios.

San Miguel empezó a mirar la lista, señalando con el dedo, pero tardó mucho en encontrarle, porque estaba el último de todos.

Ponía: «Rastro de Dios». Y al lado no había ninguna señal; así que se trataba de un ángel que jamás había bajado a la tierra. Pensó:

—¿Dónde estará metido este Rastro de Dios que yo no me acuerdo de él?

Todavía estaba tratando de recordar, cuando Sabiduría de Dios se acercó y le dijo al oído unas palabras y a San Miguel se le alegró la cara y contestó:

—¡Ah, sí! Ya me acuerdo. ¡Es el Sentao!

Y Dios al oírle sonrió.

Se dirigieron todos a donde estaba Rastro de Dios sentado con su estrella sobre las rodillas, desde el principio del mundo.

Primero iban los ángeles cantores y detrás todos los demás ángeles. Después iban Miguel, Gabriel y Rafael, que son como príncipes de los ángeles. Como era una ocasión muy solemne, San Miguel-Capitán había desenvainado su espada, que brillaba llena de luz. Y el último, iba Dios.

El Sentao, mirando por encima de la estrella, los vio venir y pensó que ya había llegado la Gran Noche, y que era una suerte que fueran a pasar por aquel lado, porque así lo podría ver todo, sin perder detalle. Lo que no se imaginaba era que todos los ángeles y Dios mismo venían en su busca. Creyó que allí sentado estorbaba el paso del desfile, e intentó correrse. Pero por poco se le cae la estrella, así que no se movió y siguió como siempre, quieto, con la estrella sobre las rodillas.

Llegaron los cantores, y todos los án-

geles, y se pararon rodeándolo. Rastro de Dios estaba cada vez más asombrado. Cuando llegó Dios se le quedó mirando y le sonrió, lo mismo que el día cuarto de la Creación, cuando le había dado la estrella con su mano derecha.

San Miguel le dijo:

—Oye, Sentao.

Pero se calló enseguida muy apurado, porque no le parecía bien llamarle por el mote delante de Dios, y empezó de nuevo:

—Escucha, Rastro de Dios: esa estrella que tú guardas está hecha para anunciar a los Santos Reyes el Nacimiento del Niño Jesús. Tienes que marchar esta noche al Oriente llevando la estrella...

En ese momento, Rafael lo interrumpió y empezó a explicarle a Rastro de Dios en un mapa muy grande por dónde debía ir, y enseguida Fortaleza de Dios le dijo cómo debía llevar la estrella, y Belleza de Dios cómo tenía que volar para que el trazo de la luz, en la noche, quedara bonito.

Rastro de Dios no entendía ni palabra. No sabría hacer el encargo. Además –San Miguel se acordaba ahora– apenas había aprendido a volar, y como llevaba tanto tiempo sentado, lo haría peor aún... Sería mejor mandar a otro.

Dios se había acercado al ángel chiquitín, y lo miraba. Rastro de Dios sintió que ya no le pesaba la estrella. Se levantó. Dios hizo una seña con la mano, y Rastro de Dios vio que se abría una calle de luz en el espacio. Movió las alas. Primero torpemente. Después con fuerza. ¡Volaba!

Como llevaba miles de siglos sentado, sin moverse, le había caído encima todo el polvo del cielo, que es un polvo de luz, y ahora, al batir las alas, lo soltaba en la noche, dibujando un trazo luminoso.

Los ángeles estaban maravillados.

Así fue, volando, volando, por el ca-

mino que le había señalado Dios. Llevaba la estrella en las manos extendidas y dejaba a su paso una cola de luz.

Los Santos Reyes, en su palacio, miraban las estrellas y uno de ellos dijo, señalando la que llevaba Rastro de Dios.

—¡Mirad! ¡La señal! ¡Ha nacido el Hijo de Dios!

Rastro de Dios, lleno de alegría, se echo a reír.

Cristobalón, Clara y el ángel

ANDRÉS no era más que un muchacho, un aprendiz adelantado que llevaba en el hatillo el escoplo y la maza y que soñaba con ser oficial y maestro del gremio de canteros.

Viajaba con un grupo de aprendices de otros gremios, algunos más deseosos de recorrer caminos que de conocer los secretos de un oficio. Iban de un sitio para otro atraídos por la fama de un maestro o por el anuncio de la construcción de una obra importante. Ahora se dirigían a una ciudad del Poniente donde se estaba alzando una nueva catedral. Allí confiaba Andrés en encontrar trabajo para varios años y alcanzar la maestría antes de que se remataran sus torres.

El viaje a pie, con el hatillo al hombro, era largo, fatigoso y difícil, pero también variado y sorprendente. Peligroso no: con los bolsillos vacíos, los aprendices no tenían que temer el asalto de los bandoleros.

La falta de dinero se suplía con la alegría del grupo. Cuando se les agotaban las provisiones se detenían a trabajar en un pueblo, justo el tiempo preciso para ganar algo y comprar comida para unos cuantos días.

Otras veces bastaba entretener con juegos y canciones a los grandes señores para poder atiborrarse después en las cocinas con las sobras del banquete y tener albergue gratis en las cuadras del castillo.

Esta vida aventurera y libre gustaba tanto a algunos que, viendo próximo el final del viaje, empezaron a comentar entre ellos:

—Mejor es cantar y bailar en las plazas que encerrarse en un taller para toda la vida.

—Más duro es el trabajo que la aspereza del camino.

—Ir de un sitio para otro resulta divertido.

—Nunca falta un caballero generoso o una hermosa dama dispuestos a escuchar un romance de amor.

—Y a recompensar al cantor con una moneda de plata.

—¡O de oro! –exclamaba el más optimista.

—Hasta los mercaderes tacaños aflojan los cordones de su bolsa después de escuchar una bonita canción.

—Y los posaderos reciben contentos a los juglares, sabiendo que donde hay juegos y danzas, corre el dinero y el vino en abundancia.

—En cambio, ¿qué nos espera en un taller? ¡Trabajo y más trabajo!

—Y algún que otro coscorrón del maestro.

—¡Amigos, el camino es nuestro! -gritó el cabecilla del grupo, un grandullón pelirrojo, creyendo expresar el sentir de todos.

Los que así hablaban habían olvidado el golpeteo de la lluvia en el descampado, el frío de las noches al raso, los retortijones del hambre, el cansancio de las largas jornadas de marcha. Y lo peor de todo es que tampoco recordaban el motivo por el que habían dejado sus familias y sus casas, el deseo de aprender un oficio, de entrar en un gremio, de trabajar en grupo, de realizar una obra hermosa.

Pero el aprendiz de cantero mantenía vivos sus deseos.

Por eso, cuando el más revoltoso y fuerte de todos, el cabecilla del grupo, propuso prolongar el vagabundeo hasta el final del verano, Andrés se negó en redondo.

—En cuanto lleguemos a la ciudad, yo buscaré un maestro que me enseñe el oficio de cantero y empezaré a trabajar en la construcción de la nueva catedral.

—¿Serás capaz de abandonarnos? -preguntó el cabecilla.

—Yo no os abandono. Sois vosotros los que olvidáis nuestros primeros planes. Abandonáis la idea que nos lanzó a los caminos antes de alcanzar la meta.

—¿No te ha ido bien en nuestra compañía? ¿No estás a gusto en nuestro grupo? -quiso saber el cabecilla.

—Hasta ahora sí, porque andar con vosotros me acercaba a mi destino -respondió Andrés-. Pero el camino se convierte en polvo que se lleva el viento si no conduce a ninguna parte.

—Podríamos continuar juntos hasta el fin del verano -propuso uno del grupo, conciliador-. Cuando se terminen las fiestas de la cosecha y la vendimia, será un buen momento para terminar el viaje. Entonces buscaremos maestro y obra.

Pero Andrés replicó:

—No es bueno dejar las manos ociosas tanto tiempo.

—Total, por unas pocas semanas más... –insistió el otro.

El aprendiz de cantero no estaba dispuesto a seguir retrasando sus planes:

—Ya es hora de volver al trabajo –insistió–. ¿Qué sería de mí si mis herramientas de trabajo se enmohecieran por falta de uso? ¿Si las palmas de mis manos, endurecidas por el esfuerzo, se ablandaran y se volvieran tan suaves como las de una dama y ya no aguantaran el roce de la piedra? –y Andrés terminó diciendo–: Yo quiero ser cantero y no juglar. Menos aún, vagabundo o bandolero.

El cabecilla se puso en pie de un salto, dispuesto al ataque. Era alto y fuerte y su pelambrera rojiza acentuaba aún más su aspecto desafiante de gallo de pelea. Estaba acostumbrado a mandar. Era la primera vez que alguien del grupo se atrevía a oponérsele directamente y no podía consentirlo.

Preguntó, haciéndose el ofendido:

—¿Qué dices? ¿Me estás llamando bandolero?

¿Acaso le habría sorprendido alguna vez el aprendiz de cantero cuando metía la mano en las alforjas de un viajero descuidado, o cuando birlaba una jarra de vino en las narices de un torpe mozo? ¿Iba a descubrirle ahora delante del grupo? ¿A denunciarle más tarde a los guardianes de la ciudad? Total, él solo había quitado algo de ropa o de comida o unos sorbos de vino. ¡Cosas sin importancia! Eso no era robar, sino juegos y travesuras de muchacho. ¡No estaba dispuesto a aguantar que por eso le llamasen públicamente bandolero!

—Tus palabras resultan insultantes. ¿Son también una acusación y una amenaza? –quiso saber el cabecilla.

—Yo a nadie acuso ni amenazo –respondió sencillamente Andrés, eludiendo la pelea–. Yo elijo mi camino.

Durante unos instantes el cabecilla y el aprendiz se miraron frente a frente ante la expectación del grupo. Desafiante, seguro de su fuerza física, el uno. Sereno, apoyado en su decisión, dispuesto a defenderla como fuera, el otro. Un largo silencio. Al fin, el cabecilla desvió la mirada y se volvió de espaldas, encogiéndose de hombros.

—Allá tú. Pero tendrás que irte solo.

El cabecilla se equivocaba. Había algunos más en el grupo que estaban deseosos de seguir adelante sin desviarse de sus primeros planes, sin olvidar la meta.

—Yo iré contigo a trabajar en la nueva catedral.

—Y yo.

—Y yo también.

El grupo se dividió. Unos se lanzaron a la aventura. Otros se dirigieron hacia el Poniente.

¿Volverían a encontrarse alguna vez en los caminos de la vida?

Los aprendices avanzaron con rapidez. Tanta, que recorrieron en una sola jornada lo que el cabecilla había calculado que harían en tres.

A medio día divisaron la ciudad, por la tarde se acercaron a las murallas, y al anochecer atravesaron el portón, abierto todavía.

El polvo del camino les quemaba la piel, y les atormentaba la sed.

Antes de buscar posada se detuvieron en una fuente. Andrés hizo un cuenco con sus manos, pero el agua se le escapaba entre los dedos. Acercó los labios al caño por donde salía el agua, pero la fuerza del chorro le impedía beber. Entonces alguien se le acercó por detrás y le tendió un vaso, lleno a rebosar. Lo tomó con las dos manos, lo levantó, bebió a largos tragos y les pasó el vaso a

sus compañeros, que estaban tan sedientos como él. Cuando todos hubieron bebido, se volvió para conocer a la persona que les había prestado el vaso y darle las gracias.

Y entonces la vio. Era una muchacha, casi una niña, y sonreía.

Andrés la miró en silencio. La suerte le acompañaba, porque nada más llegar a la ciudad recibía la doble bienvenida del agua de una fuente y de la sonrisa de una muchacha.

Sus compañeros la rodearon saludándola con alegres palabras. Uno de los aprendices le dedicó una reverencia. Otro le preguntó:

—¿Cómo te llamas?

—Clara.

Andrés pensó:

«Clara. Le sienta bien el nombre. La muchacha es alegre y como el agua. Me gusta y no quiero perderla. Esta noche la seguiré hasta su casa cuando vuelva con el cántaro lleno de agua en la cabeza para saber dónde vive y poder verla cuando quiera. Mañana me ofreceré a llevarle el cántaro y si acepta, hablaremos por el camino de su casa a la fuente y de la fuente a su casa. Algún día, cuando sea maestro, me casaré con ella, y si tenemos una hija la llamaremos Clara, porque es un nombre muy bonito, sencillo y musical como el canto de un pájaro».

Pasaron los años y los sueños del aprendiz de entonces se cumplieron con creces.

Andrés ya es maestro cantero, el mejor de todos, y acaba de dar los últimos toques a las esculturas que adornan el pórtico de la Catedral. La obra le ha quedado perfecta: el cielo y la tierra parecen unirse en la piedra de tal modo que lo llaman el Pórtico de la Gloria, los peregrinos vienen de muy lejos para verlo y se hará famoso en todas partes.

También consiguió Andrés conquistar a la muchacha de la fuente, el cántaro y el vaso. Ahora está casado con la hermosa mujer y tienen cuatro hijos, tres varones y una hembra, la mayor, que también se llama Clara, como su madre, y acaba de cumplir los once años.

Esta noche, Clara, la niña, oye desde la cama la conversación que sus padres mantienen en la sala:

—Una vez terminada la Catedral –dice Andrés, el padre–, aquí ya no hay trabajo para mí.

Clara, la madre, comenta:

—La ciudad crece y están edificando muchas casas fuera de las murallas...

—Ya lo sé. Pero yo soy cantero y no albañil. Yo no me mancho las manos de barro y cal. Tengo que irme en busca de una obra digna de un artista como yo. Dicen que en el Norte se trabaja la piedra con un estilo nuevo que yo quiero aprender...

—¡Pero si tú ya eres maestro! –le recuerda su mujer.

—¿Y qué? El buen maestro debe ser un aprendiz eterno, estar probando siempre nuevas técnicas y buscando nuevos estilo.

—¿Te quedarás quieto y tranquilo alguna vez?

—Cuando sea viejo.

—¡Para eso te falta mucho!

—No tanto, que los años pasan sin sentir. Pero yo seguiré trabajando mientras mis manos sean fuertes y mis ojos vean bien. Aún me quedan muchas obras por hacer y muchos caminos por recorrer.

—¿Piensas marcharte pronto?

—Sí.

—Pues yo no me quiero quedar en la ciudad. ¿Qué haré yo aquí, sin ti?

—Cuidar de la familia y de la casa hasta mi regreso. Nuestros hijos te harán compañía.

Clara, la madre, se lamenta:

—Pero tú recorrerás solo los caminos...

Andrés la interrumpe y dice, para animarla:

—Viajaré con mi grupo, con los oficiales y aprendices que quieran seguir trabajando conmigo.

Su mujer murmura:

—¡Valiente compañía!

—Buena para un maestro cantero –replica Andrés.

Pero su mujer sigue lamentándose:

—Yo podré consolarme a ratos de tu ausencia viendo crecer a nuestros hijos y tendré el amparo de mis padres. Pero tú tendrás que vivir de los recuerdos. Me da pena pensar que durante unos años, mientras trabajes en tu nueva obra, hasta que la termines y vuelvas de regreso a nuestro lado, tú estarás lejos y solo durante mucho tiempo.

Clara, la niña, también se apena. Pero hay una idea que le ronda por la cabeza y ya no puede tenerla callada por más tiempo.

Se tira de la cama de un salto, corre a la sala y antes de que su madre la regañe por andar descalza por la casa, se sube a una silla y dice:

—Tú no estarás solo, padre. Yo me iré contigo.

La madre y el padre miran a la niña, sorprendidos.

Luego, la madre sale de su asombro y exclama, enfadada:

—¡Eso es imposible! Vete a la cama y sigue soñando.

—No es un sueño, madre –dice la niña–. Es una idea que ya tenía y que se me ha ido afirmando al escuchar vuestra charla –y dirigiéndose a su padre, sigue–: ¿Sabes? Yo también tengo ganas de viajar, de visitar tierras lejanas, de aprender cosas nuevas... –y después, a su madre–: He oído decir que las mujeres del Norte saben trenzar los hilos de algodón, de seda, de oro y plata, de un modo especial para hacer unas labores muy finas que son verdaderas obras de arte y se llaman encajes. Yo estoy aprendiendo aquí a hilar y a tejer telas sencillas, pero me gustaría ir al Norte para aprender el nuevo arte. A la vuelta del viaje, cuando sea maestra, podré enseñar a las muchachas de mi ciudad a hacer encajes.

Andrés, el padre, comenta, satisfecho:

—Veo que no has echado en saco roto mis consejos. Yo os he repetido muchas veces a ti y a tus hermanos que es preciso elegir un oficio y empeñarse en aprenderlo bien, sin desanimarse por las dificultades y sin escatimar el trabajo.

—Pues yo no pienso desanimarme. Y estoy empeñada en ser encajera. Dicen que es una labor muy difícil, pero llegaré a hacerla perfectamente. Como aquí nadie me puede enseñar, tendré que ir al Norte para aprender. No queda más remedio.

Andrés, el padre, sonríe al darse cuenta de que su hija acaba de repetir una frase que él mismo había dicho poco antes.

—De tal palo, tal astilla –murmura Clara, la madre, disgustada. Y después, en voz alta–: ¡Esta vez no te saldrás con la tuya! ¡Las niñas de tu edad no viajan!

—Yo seré la primera –dice la niña.

—Pensándolo bien, tu idea no es ningún disparate –le dice su padre.

—Entonces, ¿me llevarás contigo? –pregunta su hija, ilusionada.

—Todavía no he dicho que sí –replica su padre–. Antes tenemos que hablar tu madre y yo largo y tendido. No es cosa que se pueda decidir en un momento.

Y su madre le ordena, de momento:

—Ahora, vuelve a la cama y duerme tranquila.

Clara, la niña, obedece sin rechistar la primera orden pero no puede cumplir la segunda, porque se le ha quitado el sueño y se pasa toda la noche dando vueltas en la cama pensando en el viaje.

A la mañana siguiente, sus padres le dan la respuesta definitiva:

—Ahora puedes ir conmigo al Norte, pero dentro de unos años tal vez yo no pueda acompañarte –le dice Andrés, el padre–. Se te presenta una buena oportunidad para viajar y aprender cosas nuevas, y tu madre y yo pensamos que debes aprovecharla.

—Pero no puedes quejarte del cansancio ni llorar allá lejos, al no verme a tu lado –añade Clara, la madre.

—¡Prometido! –grita la niña saltando de alegría.

—Entonces, puedes ir al Norte –le dicen a coro sus padres.

Al enterarse, sus hermanos protestan:

—¡Padre, nosotros también queremos acompañarte!

—Sois demasiado pequeños. Vendréis conmigo en mis próximos viajes.

Y las gentes de la ciudad empiezan a murmurar:

—¡Lanzar a los caminos a una criatura que aún no ha cumplido los doce años!

—No están hechos los caminos para tan tiernos pies.

—Pronto el cansancio agotará sus fuerzas.

—Llenas están las posadas de ladronzuelos y maleantes. Nada bueno aprenderá la niña en semejante compañía.

—¡Meterla en peligros de encrucijadas y bandoleros!

—Si al menos se tratara de un muchacho...

Los abuelos hacen todo lo posible para retenerla. Hablan a solas con la madre y le prometen a la niña mil regalos si se queda en la ciudad.

—¿Dónde estarás mejor que en tu

casa, junto con tu madre, tus hermanos y tus abuelos? –le pregunta la abuela–. Espera entre nosotros el regreso de tu padre. Aquí vivirás feliz y contenta.

—Si tanto lo deseas, podemos pagar a una de esas maestras encajeras que te tienen sorbido el seso para que venga aquí y te enseñe el nuevo oficio de hacer encajes sin salir de casa –le propone el abuelo.

Pero sería muy difícil, casi imposible, encontrar una mujer que quisiera hacer tan largo viaje, y la niña está impaciente por empezar el aprendizaje.

—Eres la más bella de la ciudad y pronto te llegará el momento de casarte... –le dice la abuela.

—¡Si solo tengo once años! –protesta Clara.

—Seguro que ya se habrá fijado en ti algún mozo.

—¡Pues que espere mi regreso! –responde la niña, riéndose.

El abuelo habla a solas con Andrés, el maestro cantero:

—Ni siquiera es necesario que tú te marches –le dice en secreto–. Yo soy rico y puedes disponer de mi dinero a tu capricho. No hace falta que sigas trabajando. Quédate aquí.

—¿Y qué quieres que haga? Yo soy fuerte todavía. No voy a pasarme el resto de mi vida sentado al sol en la plaza, sin hacer nada, mano sobre mano. ¡Yo no soy un vago ni un inútil!

—Está bien –replica el abuelo, enfadado–. ¡Vete, si es lo que deseas! ¡Pero no te lleves a la niña!

—Yo no me la llevo –explica Andrés, el maestro cantero–. Es ella la que quiere hacer este viaje –y para atajar más discusiones y terminar con los lamentos, anuncia–: Mañana nos iremos. Yo ya tengo preparado el equipaje.

Las ropas vistosas, las sedas brillantes, las cintas de oro, son importantes para los caballeros, que así muestran los colores de su dama en los torneos, pero el hatillo de un maestro cantero se llena con las herramientas del oficio.

El compás, la plomada y la escuadra, el escoplo y la maza serán su mejor carta de presentación, su más seguro pasaporte. Le acreditan como maestro del gremio, porque solo un maestro puede poseerlos todos, solo él sabe usarlos para hacer una obra completa o repartirlos entre los oficiales y aprendices y ordenar el trabajo para que realicen bien la tarea en común.

El maestro cantero tendrá que pedir por señas pan y albergue en la posada al encontrarse en tierras extrañas, pero los gestos del oficio que solo conocen los del gremio y los instrumentos que solo ellos saben usar son idénticos en todos los lugares. En el trabajo, sobran las palabras.

Por eso envuelve Andrés con tanto

cuidado sus útiles de trabajo, su única riqueza material, pues debe tenerlos a punto para usarlos en cualquier momento. Unas pocas semanas bastan para labrar el escudo de piedra en la fachada de un castillo. Varios meses se tarda en hacer una fuente de cuatro caños en la plaza de un pueblo. Y hacen falta años para levantar una catedral.

Antes del amanecer, Clara, la niña, y Andrés, el padre, salen de la mano, sintiendo el dolor de la despedida pero aguantando las lágrimas.

En la fuente se reúnen con el alegre grupo formado por los aprendices y oficiales.

Los primeros rayos del sol los sorprenden con el hatillo al hombro, marchando ya por el camino.

Esta vez no tiene el maestro cantero necesidad de detenerse a trabajar por el camino como en sus tiempos de aprendiz. Tiene una bolsa bien repleta para atender a las necesidades del viaje y prisa por llegar cuanto antes a su destino.

Ha recibido cartas escritas con una hermosa letra gótica por el alcalde de la ciudad del Norte a donde se dirige, prometiéndole un buen recibimiento, pues los peregrinos proclaman por todas partes la belleza del Pórtico de la Gloria, su última obra, y espera que se supere en el nuevo ayuntamiento de su ciudad. Cuanto antes llegue, mejor, pues ya han empezado a construirlo.

Como maestro cantero, Andrés tiene prisa por llegar, pero como padre se esfuerza en acortar sus pasos para acomodarlos a los de Clara, para que la niña no tenga que dar una carrerilla de vez en cuando para alcanzar al grupo, pues se queda atrás sin darse cuenta.

A veces encuentra una carreta de paja o un carro de verduras donde la dejan subirse y otras su padre le alquila un burro por tres o cuatro días, pero habitualmente marcha a pie como los demás.

A pesar de los esfuerzos de todos, el viaje se va retrasando más de la cuenta.

Una noche, aprendices y oficiales plantean la conveniencia de adelantarse al maestro y a la niña, exponiendo las ventajas de un nuevo plan.

—Llevamos ya cuatro jornadas de retraso y no hemos hecho más que empezar el viaje. ¿Qué pasaría si otro importante grupo de canteros llegase a esa ciudad del Norte antes que nosotros?

—Que nos quitarían el trabajo, seguro.

—No hay maestro tan famoso como tú –tercia uno de los oficiales, adulador–. Pero el alcalde tiene prisa y hoy en día, ¿quién sabe de verdad apreciar la belleza?

—Sería una lástima hacer en balde tan largo camino.

—Si te parece bien –propone el oficial más decidido– y nos das unas monedas para el viaje, podríamos adelantarnos nosotros a anunciar tu llegada.

—Y hasta iniciar el trabajo, acarreando la piedra necesaria para hacer la fachada del ayuntamiento más tarde, bajo tu dirección.

El maestro cantero reflexiona antes de dar una respuesta. Sabe que alguno de los aprendices desaparecerá para siempre en cuanto logre atrapar unas monedas, pero puede fiarse de la mayoría del grupo. Y el nuevo plan tiene sus ventajas.

—Está bien –decide al fin–. Os daré cartas de presentación, órdenes concretas del trabajo que deberá estar preparado a mi llegada, y dinero suficiente para el viaje. Nos reuniremos allí antes del invierno.

A la mañana siguiente, el grupo se divide. Clara se despide con pena de los alborotadores aprendices, que alegran el camino con juegos y burlas, y de los fuertes oficiales, que la llevan en volandas en los pasos difíciles, y está saludándolos con el pañuelo hasta perderlos de vista.

Después de tomarse unos días de descanso, el maestro cantero y su hija se ponen nuevamente en camino, ahora solos.

La noche los obliga a refugiarse cada vez más pronto en las posadas. Allí, junto al fuego, escucha Clara historias maravillosas. Cualquier viajero, sea quien sea –un rico mercader, un estudiante curioso, un peregrino fatigado, un artesano itinerante, un aventurero incansable o un mentiroso vagabundo–, lleva a las espaldas, además del equipaje, un cargamento de cuentos en los que aparecen dragones de fuego, cantos de sirenas, espadas invencibles, bosques encantados, caballos voladores, princesas cautivas y príncipes valientes.

Además de los cuentos fantásticos que encantan a Clara, los viajeros narran hechos reales, más o menos exagerados, asegurando que les han sucedido a ellos mismos.

Clara ha escuchado ya el relato de cuatro naufragios, siete tormentas, una inundación, diez historias distintas de caminantes perdidos en la noche y numerosos casos de viajeros sorprendidos por los bandoleros.

Hasta ahora, el maestro cantero y su hija no se han tropezado con ninguno de esos peligros. Al contrario. Siempre han encontrado buenos compañeros, pero Clara tiembla de miedo solo con oír la palabra bandolero.

Con mucha frecuencia, los viajeros repiten el nombre de El Solitario de la Montaña, un gigantón que aparece por esos parajes aterrorizando a los caminantes.

Por la noche, de pronto, resuenan en la puerta fuertes aldabonazos.

Los que están en la sala de la posada: el caballero y sus pajes; el estudiante; el posadero y su familia; los mozos; el maestro cantero, y hasta Clara, que se había adormilado y se despierta con los aldabonazos, acuden todos al portal.

—¿Quién anda ahí? –pregunta el posadero.

—¡Gente de paz! –responden desde fuera–. ¡Abrid, por compasión, que me vienen siguiendo!

El posadero abre y un viajero asustado entra en cuanto le dejan libre una rendija. Viene sin equipaje, corriendo atemorizado.

—Lo traigo a mis espaldas, pisándome los talones –dice el recién llegado, justificando sus prisas y su miedo–. Tan cerca como si fuera mi propia sombra.

No le parece suficiente seguridad que el posadero cierre la puerta con doble vuelta de llave y él mismo coloca la tranca de hierro. Arrastra con grandes esfuerzos un pesado banco y lo pone delante y amontona encima cuantos cachivaches encuentra a mano, sin pararse a recobrar el aliento.

—¿Dices que vienen siguiéndote? –pregunta el estudiante.

—Sí.

—¿Son muchos?

—No, uno solo. Pero es tan grande que vale por toda una cuadrilla. De pronto ha surgido en un recodo del camino y ha sido como si el bosque entero se me echase encima.

—¡Ese es El Solitario de la Montaña! ¡Seguro! –murmura el posadero, palideciendo–. Aparece de pronto, como una sombra salida de los pinos.

—Yo iba bordeando el barranco cuando lo he visto a mi lado –explica el viajero.

—¿Te ha atacado?

—No le he dado tiempo. He tirado el equipaje y me he escapado corriendo.

Bien que lo siento, pues traía sedas y perfumes para vender, pero en ese momento nada me ha parecido tan valioso como la vida.

—¡Mucho miedo ha de sentir un mercader para abandonar sus mercancías! –comenta el caballero.

Sus pajes le ríen la burla.

—Por suerte –explica el recién llegado– vengo de recorrer importantes ferias donde lo vendí casi todo. Los dineros están aquí, en la bolsa que llevo atada a la cintura.

El estudiante, mirando al mercader, que es bastante bajo y esmirriado, comenta:

—¿Cómo no ha logrado darte alcance el que te perseguía si era tan alto y fuerte? Un paso de un hombre de talla normal puede valer por cuatro o cinco de los tuyos.

El comentario queda sin respuesta, pues todos los presentes están atentos a lo que pueda ocurrir en el exterior. Los perros alborotan la noche con sus ladridos.

—Los perros ladran: señal de que alguien se acerca –dice el mercader.

El estudiante murmura, como si hablase consigo mismo:

—Pero los bandoleros se esconden en la espesura del bosque, ¿y este se atreve a acercarse a la aldea?

—No sería la primera vez –responde el posadero–. Cuando resuenan sus pasos en el camino, las gentes de la aldea apagan las luces y se refugian en sus casas, no sin antes dejar a la puerta un jarro de vino o un cacho de pan, que siempre recoge el gigantón antes de marcharse.

—¿Con eso se conforma? –pregunta, extrañado, el estudiante–. Sí que es raro. ¿No ha intentado nunca asaltar ni siquiera un gallinero?

—No.

—¡Silencio! –ordena el caballero.

Entre los ladridos de los perros se distingue ahora el golpeteo de unos pasos que se aproximan. Fuertes, lentos, pesados.

El posadero murmura, tembloroso:

—¡Ese es El Solitario de la Montaña! ¡Seguro! No es la primera vez que escucho sus pasos!

Tanto miedo tiene el mercader, que se agazapa detrás del arcón. Clara busca seguridad estrechando la mano de su padre. Los pajes se agrupan en torno al caballero.

Pero los feroces ladridos se van suavizando como si los perros reconocieran a un amigo del amo, aunque se sigue escuchando el ruido de las fuertes pisadas.

El posadero comenta:

—Nunca se había acercado tanto a la posada. ¿Intentará forzar la puerta?

El caballero desenvaina la espada y los pajes sacan los puñales. Los mozos se preparan para defenderse empuñando hachas, azadas, picos o palos.

Mal se las verá El Solitario de la Montaña, por muy fuerte que sea, para luchar con tantos contrincantes al mismo tiempo.

Todos se preparan para defenderse, pero permanecen en silencio tratando de adivinar, por el ruido de los pasos, los movimientos del gigantón, que sigue acercándose. Se detiene el rumor de las pisadas y se oye un chirrido, como si algo rozase la puerta, seguido de un golpe sordo: el ruido de algo que se desploma en el suelo. Después, silencio y las pisadas que se alejan.

—No parece que El Solitario de la Montaña intente entrar por la fuerza en la posada –murmura el estudiante–. Ya se marcha.

—¡Por hoy, estamos a salvo!

—Tal vez no era un bandolero sino un vecino que venía a tomarse una jarra de vino y que se ha ido, cansado de que no le abrieran –supone uno de los pajes–. Así se explica que los perros dejaran de ladrar furiosamente.

—La aldea queda lejos –opina el

maestro cantero– y no creo que los aldeanos se aventuren a salir a estas horas de la noche fuera de sus casas.

—Las gentes de bien acostumbran a llamar con la aldaba, en vez de andar merodeando –dice el mercader.

—Ahora no se oye nada.

—Pero algo ha caído al otro lado de la puerta. Puede que fuera haya un hombre enfermo o malherido –añade el estudiante.

—¡Abrid la puerta! –ordena el caballero.

—¡De ninguna manera! –grita el mercader.

—Tú has llamado hace un rato y te hemos dado entrada –le replica el maestro cantero.

—¡Pero yo no soy un bandolero!

—Y nosotros, ¿cómo lo sabíamos?

El mercader pasa por alto la pregunta y chilla, aterrado:

—¡Este silencio es una trampa que nos tiende El Solitario de la Montaña!

¡No caigamos en ella! ¡Estará ahí fuera, agazapado, esperando el momento de asaltar la posada! ¡Estamos perdidos si nos confiamos demasiado!

Se oye de nuevo el rumor de los pasos.

—Parece que se marcha –supone el maestro cantero.

Clara suspira, aliviada. El caballero presume:

—Se ha dado cuenta de que yo estoy en la posada al ver los caballos en la cuadra, y ha tenido miedo de mi espada y mi lanza.

—La fama de tu valor hace temblar a los gigantes –añade uno de los pajes, adulador.

Y otro:

—¿Hay alguien en el mundo capaz de vencerte?

Pero el mercader sigue con sus temores:

—¡Os digo que es una trampa! Estará dando la vuelta a la casa, para buscar un resquicio por donde meterse de rondón, sorprendiéndonos por la espalda. ¿Están bien cerradas todas las puertas y ventanas?

—Vamos a comprobarlo –dice el posadero, descolgando el candil.

La ronda es larga y minuciosa.

Seguros de que nadie podrá entrar, vuelven a la sala, para comentar en torno al fuego los incidentes de la noche.

Solo el maestro cantero –Clara, de su mano– permanece en el portal, con la oreja pegada a la puerta.

—¿Se oye algo de nuevo? –pregunta el mercader, retrocediendo.

—Nada. Pero antes, ¿no ha sonado un golpe, como de un cuerpo pesado que se desplomara? Tal vez haya un hombre caído en el suelo, al otro lado.

—Habría seguido llamando.

—¿Y si está malherido y ni siquiera tiene fuerzas para levantar la aldaba?

A regañadientes, el posadero accede a mirar por un ventanuco. La noche está muy oscura.

—Nada se ve –dice.

—¡Déjame ver a mí!

El maestro cantero coge el candil, se asoma y exclama:

—¡Sí! ¡Hay un bulto junto a la puerta!

El mercader sigue rumiando sus temores:

—¡Una trampa! Os digo que es una trampa que ha ideado el gigantón para obligarnos a abrir. Estará escondido por los alrededores, esperando el momento de asaltar la posada.

El caballero decide:

—No es de bien nacidos negar ayuda al necesitado que desfallece a nuestra puerta. ¡Abre, posadero!

El mercader intenta una última resistencia:

—¿Y si...?

—Cuando un «y si...» puede costar la

vida de un hombre, hay que salir de dudas.

—El miedo no me impedirá cumplir como quien soy, como un buen caballero. ¿No lo has oído, posadero? ¡Abre pronto, que no me gusta repetir las órdenes!

Con la espada en la mano parece dispuesto a arremeter contra el desobediente. El posadero descuelga las llaves y los mozos se apresuran a retirar los cachivaches que estorban la entrada. Gira la llave chirriando en la cerradura. Se entreabre la puerta, arrastran hacia dentro el bulto y cierran de nuevo.

Alguien grita desde lo alto:

—¡Eso es mi equipaje!

Los presentes alzan la cabeza, sorprendidos. Allá arriba, agazapado entre las vigas del techo, se encuentra encaramado el mercader. Ha subido muy deprisa, empujado por el miedo, y ahora no se atreve a bajar.

Los pajes y los mozos de la posada estallan en carcajadas burlonas:

—¿Cómo has llegado tan arriba?

—No sabíamos que los mercaderes tuvieran alas.

—¿Piensas hacer nido entre las vigas para pasar el invierno?

Por fin traen una escalera y el mercader desciende de las alturas. En cuando llega al suelo, desata los nudos de su saco de viaje y lo vacía de un vuelco. Aparecen algunas ropas, un par de botas nuevas, unos rollos de sedas y dos o tres frascos de perfumes.

—¡Nada falta! –exclama, sorprendido, el mercader.

Apenas puede creer en su suerte. ¡Salvar la vida y las mercancías del asalto de un bandolero! ¡Ahí es nada!

Ya más tranquilo, empieza a ufanarse de su astucia y hasta de su valor:

—El gigantón ha registrado el saco que yo he soltado en mi huida. Al ver que no contenía dinero, me ha perseguido, suponiendo que lo llevaría en una bolsa colgando de la cintura. Pero yo ya le había sacado ventaja y no ha podido atraparme. ¡Bien que he conseguido engañarlo! ¡Fiero será, pero es muy tonto El Solitario de la Montaña! –dice entre grandes risotadas.

—¡Tú qué vas a engañarlo! –comenta uno de los pajes–. ¡El miedo te ha hecho soltar el saco y has echado a correr, sin pensar en más!

—¿Miedo, yo?

—¿Qué otra cosa puede esperarse de un mercader? –remacha otro.

El mercader protesta y el posadero interviene en la disputa, ofendido también de que tomen por tonto a El Solitario de la Montaña, el bandolero que aterroriza a toda la comarca.

—A muchos valientes he visto llegar a la posada huyendo de El Solitario de la Montaña –asegura–. El año pasado, sin ir más lejos...

—¡Cuenta, cuenta! -le ruega el estudiante, intrigado.

—Volvamos a la sala –dice el caballero– y escuchemos la historia.

Se acomodan todos junto al fuego. El posadero manda servir la cena y saca unos jarros de vino que circulan de mano en mano.

Cuando todos empiezan a comer y se hace silencio, el posadero dice:

—Era una noche de tormenta, la última del pasado verano. Brillaban los relámpagos y el eco repetía el retumbar de los truenos. Las tormentas repentinas son de temer por estos parajes. Cae el agua con tal fuerza que corre por los caminos y los convierte en torrenteras. En el fondo del valle, el río, que normalmente se puede vadear saltando de piedra en piedra, es entonces un obstáculo insalvable y el agua arrastra rocas, arranca pinos y se lleva por delante todo cuanto encuentra a su paso.

—¡Ay del caminante sorprendido por la riada! –comenta uno de los mozos.

El caballero le manda callar y el posadero continúa contando:

—Un grupo de viajeros que aquella tarde cruzaba las montañas buscó refugio contra la tormenta debajo de unas rocas. Cuando cesaron la lluvia y los relámpagos, creyeron que el peligro había pasado y decidieron continuar el viaje. Para recuperar el tiempo perdido, dejaron la senda y obligaron a sus cabalgaduras a descender a pico por la ladera hasta el fondo del valle. Querían cruzar el río por el vado y seguir avanzando por la orilla opuesta, evitando las revueltas del camino hasta llegar al puente.

»Se metieron en el río y el agua les llegaba a las espuelas. Pero cuando estaban en medio de la corriente se detuvieron, alarmados al oír un ruido que sonaba cada vez más fuerte y hacía retemblar la tierra, como si muchos carros avanzaran al mismo tiempo, con los caballos desbocados. Los viajeros alzaron la cabeza, reteniendo instintivamente las cabalgaduras y preguntándose por la causa del estruendo. ¿Se estaban desplomando las montañas?

»Miraron cauce arriba y vieron una muralla de agua que se les venía encima. ¡La riada!

»Intentaron retroceder, buscando la seguridad de la orilla conocida, pero los caballos se resistían a moverse, asustados.

»Entonces apareció El Solitario de la Montaña, les arrancó las riendas de las manos y de un formidable impulso obligó a los caballos a meterse aún más en la corriente y a avanzar hacia la otra orilla. La riada se aproximaba. Agarrados a las crines de sus cabalgaduras, los viajeros conseguían a duras penas mantenerse sobre sus monturas. El agua ya les llegaba a la cintura. De un último y colosal esfuerzo, el gigantón logró sacarlos de la corriente antes de que el murallón de agua de la riada llegara al sitio donde caballos y caballeros habían estado segundos antes sanos y salvos; la vieron continuar su avance río abajo, arrastrando rocas y árboles centenarios. Solo la espuma alcanzó a los viajeros, cegándolos durante un buen rato.

»Cuando los viajeros consiguieron abrir los ojos, empuñar las riendas, dominar los caballos encabritados y comprobar que todos se hallaban a salvo, el gigantón había desaparecido.

»Apenas les había dado tiempo a percibir, durante el rápido encuentro con el gigantón, un mechón de pelo rojizo y su gran estatura y la fuerza colosal que les había arrebatado las riendas de las manos agarrotadas por el espanto e impulsado hacia delante sus cabalgaduras.

»Uno de los viajeros aseguraba haber oído un formidable grito, algo que sonaba así como «¡Cris... ton... ban... lon!».

—¿Tal vez un nombre? ¿Una clave? ¿Una contraseña? –supuso el estudiante.

—Los demás tan solo recordaban el estruendo de la riada.

»Empapados y temblorosos llegaron a la posada, que estaba llena de forasteros. Todos nos quedamos maravillados de que hubieran podido escapar del doble peligro del bandolero y la riada –termina diciendo el posadero.

—Como le ocurre hoy al mercader –comenta por lo bajo uno de los pajes, señalándole con la punta del puñal–. Todavía tiene la boca abierta del asombro.

El mercader protesta de la insolencia de los pajes, intervienen los mozos y salen a relucir navajas y puñales.

El caballero apacigua a los suyos:

—No haya riñas entre vosotros, venga más vino y escuchemos en paz al posadero. ¿Se cuentan más historias de El Solitario de la Montaña?

—Toda la noche podría estar hablando –responde el posadero–. Desde que apareció por la montaña este gigantón, no han dejado de darse casos parecidos.

—¿Casos parecidos? –repite el estudiante, extrañado.

—O casi iguales. El gigantón aparece siempre por sorpresa en momentos de peligro, y desaparece con la misma rapidez con la que llegó, sin que dé tiempo a perseguirlo. Nadie sabe su nombre ni le ha visto la cara –explica el posadero.

Todos le escuchan en silencio, pero con mayor atención el estudiante, que nota, intrigado, que algunos detalles encajan mal en una historia de bandoleros.

Le dice al mercader:

—Me gustaría conocer más a fondo tu aventura.

—Pregunta lo que quieras.

Calmada el hambre, calientes las tripas, segura la mercancía y el jarro de vino al alcance de la mano, el mercader se muestra dispuesto a prolongar la charla.

—Has dicho que el gigantón ha aparecido al anochecer...

—Justo donde el camino bordea el barranco. Yo andaba despacio, tanteando las piedras, para evitar un mal paso, una caída que terminara conmigo en el barranco y...

El estudiante corta tanta palabrería con una pregunta concreta:

—¿A qué lado del camino ha aparecido el gigantón?

—¿Qué importancia puede tener ese detalle? –pregunta el caballero, extrañado.

—Mucha –asegura el estudiante. E insiste, dirigiéndose al mercader–: ¿Puedes decírmelo con toda seguridad?

—Espera que recuerde –responde el mercader, tratando de reconstruir con gestos ese momento–. Yo llevaba el saco en el hombro derecho... ¡sí, en el derecho! Aún me duele de haber cargado todo el viaje con el peso –añade, frotándoselo–. Por este lado ha aparecido el gigantón.

—Y a la derecha del camino está el barranco. ¿No es eso?

—Eso mismo.

El estudiante se queda en silencio unos instantes, pensativo: es extraño que el gigantón apareciese por el lado del barranco. A ningún bandolero que intentara robar el equipaje a un viajero se le ocurriría colocarse del lado del peligro, exponiéndose a caer él mismo en el barranco, si el atacado intentara defenderse y le empujase.

Guardándose para sí mismo sus razonamientos, el estudiante continúa interrogando al mercader:

—Has dicho que caminabas despacio, tanteando las piedras, temiendo dar un mal paso. ¿Y de pronto has echado a correr?

—¡Naturalmente! ¡En cuanto ha aparecido el gigantón!

—Has soltado el saco y has salido corriendo.

Los pajes cuchichean entre ellos, riéndose burlones:

—Yo me hubiera defendido con el machete en la mano.

—Pero ¿qué se podía esperar de un mercader cobarde? –entre risas.

El estudiante quiere enterarse bien de lo ocurrido, corta los comentarios y lanza una nueva pregunta:

—El gigantón, ¿se ha detenido a registrar tu equipaje?

—Supongo que sí, pero yo no me he parado a mirarle. Al no encontrar dinero en el saco, ha adivinado que lo llevaba en una bolsa colgada del cinturón y me ha seguido.

—¿Corría mucho el gigantón?

—¿Has visto alguna vez correr a un oso? Avanzaba a zancadas, torpemente, tropezando con las piedras del borde del camino, que caían rodando al fondo del barranco.

—¿Iba a tu lado? –insiste el estudiante.

De nuevo el mercader tiene que pararse a recordar unos instantes antes de responder:

—Sí, a mi lado. ¡Bueno! No siempre. Se retrasaba o se adelantaba unos pasos cuando no había sitio para los dos en el camino. Pero ni siquiera entonces me perdía de vista. Volvía la cabeza a cada momento, vigilándome.

Lo que ha extrañado en un principio al estudiante, ahora llama la atención de todo el grupo.

El caballero comenta:

—El gigantón iba algunas veces a tu lado... otras delante... ¿y dices que te perseguía?

—¿Puede llamarse a eso «persecución»? –remacha Andrés, el maestro cantero–. Más parece que te estaba acompañando como un guía, que cede al viajero el lado seguro del camino.

—¡Me perseguía, sí! –insiste el mercader–. Buscaba el momento de arrebatarme la bolsa.

El estudiante continúa preguntando, sin descubrir aún sus pensamientos:

—¿Habéis caminado así, codo con codo, siempre el gigante al borde del barranco, durante mucho rato?

—Hasta salir de la garganta y ensancharse el camino.

—Y entonces, ¿qué ha ocurrido?

—Que el gigantón ha desaparecido con la misma rapidez con que había venido. Yo me he detenido a recobrar el aliento y a descansar un rato. Al sentir de nuevo sus pasos, me he levantado y he salido corriendo. Pero no ha podido darme alcance.

—Dices que el ruido de sus pasos te ha avisado. ¿No ha aparecido de pronto, como la primera vez?

El mercader replica, enfadado:

—¡No!

Y continúa, ofendido:

—¿Y a qué vienen tantas preguntas?

Ha ocurrido así, como lo cuento. ¿Sospechas acaso que me he inventado la historia?

—¿Quién sabe? –dice uno de los pajes–. El miedo puede hacer que las rocas se transformen en fantasmas.

—Todo lo que he dicho es cierto –asegura el mercader–. No era un fantasma. Era hombre, un gigantón de carne y hueso. Y si no, ¿por qué los perros? Vosotros mismos ¿no habéis escuchado el rumor de sus pasos? Mi equipaje no ha podido llegar solo hasta la puerta de la posada. Lo ha traído hasta aquí El Solitario de la Montaña

—¡Qué raro! –comenta el estudiante–. Un bandolero se lo hubiera llevado a su guarida en vez tomarse la molestia de recogerlo y devolvérselo a su dueño.

Todos los presentes se vuelven ahora hacia el estudiante, esperando la solución del caso, pero aún no ha terminado el interrogatorio:

—Los viajeros de que has hablado

antes –le pregunta ahora al posadero–, ¿sufrieron algún daño con los bruscos empujones del gigantón?

—Ninguno.

—¿Salvaron sus vidas gracias a El Solitario de la Montaña?

—Seguramente. Los caballos se negaban a moverse y la riada se les echaba encima.

—¿Les faltó algo de lo que llevaban?

—Nada. Cuando llegaron a la posada, las bolsas de cuero estaban cerradas y sujetas en las monturas de las cabalgaduras.

—¿No les robó el gigantón la capa, ni una joya o una cadena de oro? ¿Ni siquiera les faltaba una de esas cintas de seda con los colores de su dama que llevan los enamorados, tan ligeras que basta un soplo de viento para soltarlas?

—No –responde el posadero, molesto por la insistencia del interrogatorio.

—Y sin embargo –recalca el estudiante–, los viajeros estuvieron cegados un buen rato en la orilla, por la espuma del agua.

—Yo no estaba allí presente –afirma, cauteloso, el posadero–, pero eso fue lo que contaron.

—Ese habría sido un buen momento para que un bandolero cayera sobre ellos como un ave de presa y les robara –observa el estudiante–. Pero el Solitario de la Montaña no les quitó nada.

Todos permanecen unos instantes en silencio, reflexionando sobre lo que dicen unos y otros.

El caballero no puede aguantar más la curiosidad y le pregunta al estudiante:

—¿Qué significa eso? Explícanos al fin lo que estás pensando. ¿Has sacado alguna conclusión, después de tantas preguntas y respuestas?

Antes de que el fuego se apague, el posadero echa más leña en la chimenea. Se alza una llamarada, chisporroteando.

Todos están pendientes de la respuesta del estudiante. Y como tarda en llegar, el caballero insiste, impaciente:

—Habla, te lo ruego. El Solitario de la Montaña, ¿es un hombre real o un fantasma? ¿Un guía de montaña o un peligroso bandolero?

El estudiante duda todavía.

Para sorpresa del grupo, es el maestro cantero el que responde:

—Sí, existe. Es un hombre, pero no es un bandolero.

—¿Cómo puedes afirmarlo con tanta seguridad? –insiste el caballero.

El maestro cantero titubea aún.

¿Cómo explicar lo que vio y lo que supone que Clara vio? Los hechos se están sucediendo con tal rapidez, que desde su encuentro con El Solitario de la Montaña en el camino, el maestro cantero no ha tenido tiempo de hablar a solas con su hija. Ahora tendrá que hacerlo delante de todos, pero lo hace como si se dirigiera únicamente a ella.

¿Lograrán sus palabras romper el círculo de misterio, incomprensión y miedo que rodea a El Solitario de la

Montaña? ¿Sabrá mostrar a los demás su verdadero rostro, tal y como él mismo lo ha visto cara a cara? ¿Qué pensará Clara?

El caballero le apremia, deseoso de llegar al fondo del asunto:

—Habla. ¿Acaso tu hija y tú os encontrasteis en el camino con El Solitario de la Montaña?

El maestro cantero y la niña responden al mismo tiempo. Pero Clara dice:

—¡No!

Y su padre afirma:

—¡Sí!

Y los dos parecen igualmente seguros y sinceros.

Las miradas de todos los presentes pasan ahora del rostro del maestro cantero al de su hija, entre sorprendidas y recelosas. Suponen que uno de los dos está mintiendo porque no comprenden que un «sí» y un «no» puedan ser verdad al mismo tiempo.

Clara, sentada junto al fuego, mira a su padre sorprendida.

—¡Sí! Tú también lo viste –afirma el maestro cantero.

—Yo no –repite la niña.

—Sí, ayer mismo, cuando nos sorprendió en la montaña la tormenta. Tú estabas muy cansada, apenas podías dar un paso, pero el retumbar de los truenos nos obligaba a seguir caminando. Y antes de que nos alcanzase la lluvia, antes de que una sola gota te mojara, saltó al camino el gigantón.

—¡Apareció volando como un ángel! ¡Ese no podía ser El Solitario de la Montaña! –replica Clara.

—Sí que lo era, hija. Acuérdate bien. Era muy grande y fuerte. Sus ojos brillaban entre las ramas de los pinos...

—También son altas las estrellas –murmura la niña.

—... y tenía una pelambrera rojiza y desgreñada... –continúa el maestro cantero, describiéndolo.

—¡No, padre! –protesta Clara–. ¡Llevaba un casco dorado en la cabeza!

—Era un mechón de pelo, estoy seguro. Antes de que yo pudiera darme cuenta de lo que hacía, te tomó en sus brazos, te cargó a la espalda y te arropó en los jirones de su capa.

—Eso no era no una capa, padre: eran alas. Me alzó en volandas y me cobijó bajo sus alas.

—¿Tampoco te fijaste que tenía una cicatriz que le cruzaba la cara y le torcía la boca en una horrible mueca?

—Era una sonrisa alegre. Para quitarme el miedo a la tormenta, sonreía.

El maestro cantero mueve la cabeza y continúa, dirigiéndose ahora a todo el grupo:

—El gigantón nos sorprendió en una encrucijada del camino y nos condujo hasta una cueva donde pudiéramos refugiarnos y preparó para nosotros un lecho de musgo. Mi hija estaba muy cansada y se había quedado dormida en el camino. El Solitario de la Montaña la arropó con su capa y desapareció en la noche, tan silenciosamente como había

aparecido. Volvió al amanecer, trayendo un pan y una jarra de leche recién ordeñada y un botellón de vino.

»Como Clara aún dormía, puso la jarra a su lado, partió el pan en tres pedazos y me tendió el botellón. Mientras comíamos y bebíamos en silencio, creí reconocer en el gigantón a un antiguo compañero de mis tiempos de aprendiz, que quiso cambiar el taller por la aventura. Le pregunté por sus andanzas y su nombre y me dijo: «Lo pasado, pasado. Ahora tengo una nueva vida y un nombre nuevo». Y volvió a encerrarse en su silencio. Después, se levantó de un salto y se marchó sin despedirse. Cuando se perdía entre los pinos lanzó un grito: «¡Cristobalón!». Una palabra que yo no había oído nunca. Después pensé que era su nombre. Un nombre nuevo para su vida nueva.

Andrés, el cantero, termina la historia dirigiéndose otra vez a su hija:

—Fue su grito lo que te despertó, Clara.

—¡Ah, no! –insiste la niña–. A mí me despertó el chasquido de una rama, ¡cris!, y la caída de una piña, ¡ton!, y el rodar de una piedra: ¡ban... lón! Con la rama me hice un bastón y sacudí la piña y recogí la piedra y casqué los piñones y los comí con pan y aún me queda un puñado. ¡Tomad! Son el regalo de un ángel.

Clara saca un montón de piñones del bolsillo y todos los presentes los prueban.

El estudiante resume en dos preguntas el resultado de sus interrogatorios:

—¿Qué os parece ahora? ¿Podemos seguir llamando bandolero a El Solitario de la Montaña, a este gigantón que usa su fuerza en bien de todos, que ayuda queriendo y asusta sin querer a los viajeros, que les sirve de guía en los pasos difíciles, que libra del barranco a los caminantes, saca del torrente a los caballos asustados, devuelve el equipaje a su dueño, lleva sobre sus hombros a un niña cansada, ofrece cobijo durante la noche a los caminantes y da de comer a los hambrientos?

—Yo no sé lo que habrá hecho en su otra vida. En esta se porta como un verdadero caballero andante –responde el caballero.

—Como un buen posadero, que ofrece albergue a los pobres que llegan a su puerta –dice el posadero.

—Como un maestro, que nos enseña sin palabras –afirma el estudiante.

—¡Como un ángel! Porque yo lo vi, y era un ángel –insiste Clara.

El estudiante saca del hatillo su único cuaderno, coge un carbón apagado del fuego y empieza a dibujar.

—¿Y qué es un ángel, sino el que ayuda a todos con amor? –dice el estudiante–. ¿No lo sabías, Clara?

Arranca la hoja y se la tiende a la niña. En el papel hay dibujada una niña que va por el camino de la mano de un ángel y de un gigantón.

Clara, reconociéndose en el dibujo, sonríe.

Ángel en la ciudad

ÁNGEL sabe volar, pintar el arco iris después de la tormenta, cantar «¡Avemaría!» cuando suenan las doce campanadas y guiar las estrellas por el azul del cielo. Pero todo esto de nada le vale para cumplir el encargo de hoy, que es muy difícil e importante: bajar del cielo a la tierra y anunciar a los hombres de la ciudad el nacimiento del Hijo de Dios.

Mucho tiempo ha pasado ya desde la primera Navidad del mundo, cuando los ángeles, vestidos con preciosas túnicas blancas, volaron en la noche sobre los campos de Belén, cantando:

«Gloria a Dios en las alturas y paz

en la tierra a los hombres de buena voluntad».

Los pastores se enteraron enseguida de la estupenda noticia y, dejando sus rebaños, acudieron gozosos al Portal.

Pero en la ciudad no hay pastores, ni rebaños, ni árboles apenas, y en vez de túnicas, Ángel lleva un jersey de lana, pantalón azul y botas. Tendrá que hacer las cosas de otra manera.

La calle está llena de gente que va y viene, cruza, se detiene o pasea lentamente mirando escaparates. De momento nadie se fija en Ángel. Nadie se da cuenta de que en la acera, ahora, hay una criatura que no estaba segundos antes.

Ángel, despistado, mira a su alrededor. Ni siquiera sabe cómo empezar el encargo. Permanece quieto unos instantes hasta que, a fuerza de recibir empujones, echa a andar.

Siguiendo el gentío llega hasta una plaza redonda. Allí, en el centro, está el

guardia que dirige la circulación. Ángel ve, maravillado, que todo el mundo le obedece. Levanta una mano, y pasan los coches; mueve la otra, y cruzan las personas. ¡Estupendo!

Ángel tiene una idea. Hablará con el guardia y... Pero no. Ahora no puede pues están pasando los autos.

«¡Con lo bien que cruzaría yo, en un vuelo, por encima de los coches!», pensó.

Pero como llevaba las alas metidas dentro del jersey, no podía volar. Esperó a que cambiara el semáforo, pensando entre tanto lo que le diría al guardia. Le pediría que parase un momento la circulación, solo un momento, para que él, Ángel, pudiera explicar a todos su celestial mensaje.

Luz verde. Paso de peatones. ¡Ahora! Ángel se rió un poquito de la palabreja. Cruzó, derecho al guardia:

—Oiga, guardia. La Navidad...

No tuvo tiempo de terminar la frase,

porque el guardia le interrumpió enseguida:

—¿La calle Navidad? Así, al pronto, no recuerdo. ¡Están edificando tantos barrios nuevos, que resulta imposible tener en la memoria todas las calles! ¡Y mira que yo llevo diez años en esta esquina! ¡Pues nada! Todos los días hay un chalao que pregunta por una callecita de estas. Pero tú, tranquilo. La buscaremos en la guía. Cuestión de un segundo.

Hizo señal a los peatones para que se detuvieran y dio paso a los coches. En medio quedaron los dos. El guardia, impávido. Pero Ángel miraba los taxis con cierto temor. A punto estuvo dos o tres veces de echar a volar, creyendo inminente el atropello. Pero logró resistir, a pie firme, en un alarde de valor.

El guardia, entre tanto, sacó un librito del bolsillo y empezó a pasar hojas.

—Calle Navidad... calle Navidad... ¡No la encuentro! Oye, tú, ¿estás seguro de que se llama así?

Ángel sonrió:

—¡Segurísimo! Pero no es ninguna calle. Verá usted, señor guardia...

Tampoco ahora pudo explicarse a gusto, pues el guardia le interrumpió de nuevo, murmurando:

—¡Ah! Entonces es una plaza. ¡Haber empezado por ahí, *despistao*!

Pero en las plazas tampoco estaba. Ni en los callejones, pasajes, paseos y avenidas. El guardia empezó a ponerse de mal humor.

—¡Nada, que no aparece! Es la fija. No hay guapo que entienda la guía. Pero no pongas esa cara, hombre. Ya daremos con ella. Pregunta a mi compañero. Sí, ese de ahí abajo, el siguiente colega. Ese vive por las afueras y puede que te sepa orientar a dedo, sin necesidad de mirar en la guía. A ver si hay suertecilla.

Muy satisfecho de haber encontrado el sistema de sacudirse a aquel inoportuno, el guardia detuvo los coches y dio paso a los peatones.

—¿No me has oído? ¡Vamos, chaval, que estás dormido!

Ángel titubeo, pero terminó por marcharse, sin insistir ni declarar nada. Decididamente, el guardia estaba demasiado ocupado para recibir encargos del cielo.

En la misma plaza se abrían los escaparates de un gran almacén. Ángel entró, absorbido por el gran remolino de la entrada. También había gentes apresuradas que iban y venían, se impacientaban y se empujaban, al ataque, ahora, de una porción de mostrador.

Desanimado y a punto ya de salir, Ángel se fijó en un señor alto y sonriente. Era el único que no se inclinaba sobre los mostradores abarrotados de mercancías, palpando muestras y revolviendo objetos. Él, no. Miraba a todos lados, como buscando a alguien. Tal vez, eso era realmente lo que hacía: buscar al mensajero de la gran noticia. Lleno de alegría, Ángel se acercó:

—Soy yo, señor. Yo, al que aguarda. Vengo a decirle que se acerca la Navidad...

—¡Ah, sí! ¡La Navidad! ¡El momento de los grandes negocios! Precisamente estamos en plena venta de objetos navideños. En esta campaña alcanzaré la cifra récord de quinientos mil euros. Esto, si consigo atraer un diez por ciento de la clientela que todavía sigue comprando en los establecimientos de la competencia. Y lo conseguiré. Ha sido todo preparado con el máximo acierto. ¿Ha visto ya la planta segunda? No deje de subir. Le asombrará. Cinco mil bolas de colores adornan el techo, suspendidas por cintas de seda. Un alarde de lujo y originalidad, conseguido por la sección de decorado. Allí encontrará también el árbol adornado, del que cuelgan regalos para nuestros clientes.

El que a primera vista parecía más

indiferente, resultó el mayor interesado. Ángel intentó nuevamente hablar:

—Pero recuerde que...

—¡Nada ha sido olvidado! A las ideas de hoy, sumamos nuestra larga experiencia. Sobre los mostradores de la izquierda se encuentra el surtido especial de felicitaciones. Me permito llamar su atención sobre la nueva serie dedicada al turismo, con bonitos motivos españoles.

—Navidad es paz para los hombres -logró intercalar Ángel, aprovechando una brevísima pausa.

—Exactamente, paz. Este año, queremos evitar las prisas del último momento. Las prisas suponen horas extraordinarias, con aumento excesivo de gastos generales. Pérdidas para la casa y molestias para el cliente.

—Navidad es luz del alma -insistió el angelito.

—¡Luz! Ya está previsto. Cuatro potentes focos de luz azul en la fachada, y una estrella en lo alto, dominando la calle. Escaparates y fachada están encendidos la noche entera, porque este año, nuestra venta especial de objetos navideños ha de alcanzar la cifra de quinientos mil euros.

Ángel estaba asombrado. Nunca se le había ocurrido suponer que una fiesta tan divina como la Navidad pudiera convertirse en el pretexto de un negocio. Más que nunca le parecía importante el encargo. Y más que nunca difícil. Necesitaba explicar que además de los quinientos mil euros, que antes de los quinientos mil euros, estaba el amor de Dios. Decir que... Pero no pudo. No había empezado todavía cuando se acercó una señorita rubia con un bloc en la mano. Nada más verla, el señor dijo:

—Apunte. Cuidar las luces de la fachada. Pedir urgentemente a la sección de decorados que se ocupe de la estrella monumental. ¡Dentro de dos horas debe estar instalada! Además hay que...

Todo inútil. El jefe de ventas de los

grandes almacenes continuaba dictando a la rubia secretaria.

Mientras, en el mostrador de la izquierda se agotaban las felicitaciones de toros y guitarras. Ángel salió del almacén.

Al pasar por delante de un café, Ángel sintió un agradable calorcito. Podría entrar, a calentarse un rato. Sin descuidar el encargo, pues seguramente encontraría dentro alguien dispuesto a escucharle. Mejor que en el bullicio de la calle y en las apreturas de los almacenes.

Precisamente allí, junto a la cristalera empañada por el frío, estaba un joven solitario. Sobre la mesa tenía un libro abierto, pero no leía. Un café recién servido al alcance de su mano, pero los terrones permanecían envueltos. No tenía prisa, eso era indudable. Este le escucharía.

Con ese pensamiento se decidió Ángel, que aprovechó el paso de un vendedor de periódicos para colarse. ¡Qué jaleo con la puerta giratoria! Lo menos tres vueltas y dos chichones le costó entrar.

En el café, no había mucha gente. Una pareja de novios en la mesa de la esquina, un grupo de hombres que vociferaban, hablando de fútbol, y allí, junto a la cristalera, el joven que había llamado su atención desde la calle. Estaba solo y parecía triste.

Ángel se acercó:

—Es Navidad.

El otro ni le miró siquiera. Murmuró, hablando consigo mismo:

—Eso estaba pensando. Haciendo puente tengo hasta cuatro días libres en la oficina. Podría irme a casa. Nochebuena en el tren, pero mañana por la tarde estaría sentado en la tertulia del Café Suizo. En el último viaje, los amigos todavía me escuchaban. Bajo la niebla gris de la provincia es fácil mentir sobre mi vida en la ciudad.

—Es tiempo de verdad –le amonesta Ángel.

—¿Verdad? ¿A quién le importa? Hoy no la tengo, ni tampoco la encuentro en mis recuerdos. Siempre he procurado y conseguido simular algo más de lo que soy. Ya en la clase de párvulos, yo, el listo, recitaba versos el día de la fiesta, ante el gobernador. Después, el Instituto. Y la gente, que empieza a llamarme «un muchacho de mucho porvenir» porque he leído tres libros a escondidas y puedo hablar hasta el amanecer en la tertulia del Suizo. Enseguida, el salto a la ciudad. Para sentirme atrapado en la oficina, que yo creía sala de espera para el éxito. Pero pasan los años...

—Navidad es esperanza –susurra Ángel.

Pero el hombre triste solo escucha la tristeza de su corazón.

—Soy un fracasado. Y ya solo deseo un puente de cuatro días, para contar en el Café Suizo mentidas aventuras de la ciudad.

Ángel quiso hablar. Prender con sus palabras una chispa de luz en aquel sombrío corazón, pero los señores que hablaban de fútbol en la mesa de al lado levantaron la voz. Y el aire se llenó de goles y penaltis.

El joven bebió de un sorbo el café, frío ya y sin azúcar, y se levantó. Juntos, pero enormemente distanciados, Ángel y él salieron a la calle.

Un taxi se paró junto a la acera. Dentro, dos señoras se debatían en medio de un montón de paquetes. Ángel, muy fino, abrió la portezuela ayudándolas a descender:

—¡Gracias, hijo, gracias! Estos días anda una loca. Comprar regalos y más regalos... ¡Toma! ¡Sujeta esta caja un momento!

Un paquete cayó a los pies de Ángel, que se apresuró a recogerlo diciendo:

—Señora, es Navidad...

—Sí, hijo, sí. Ya me acuerdo. Toma esta caja y espera un poco, a que pague el taxi.

Encima de la primera caja, la señora colocó otra y otra más. Ángel apenas podía con tantas, pero aguantó como pudo.

—¡Déjalo todo en la portería! –ordenó la señora.

En dos saltos, Ángel cumplió el encargo. Ahora podrían hablar más tranquilos. Pero cuando él esperaba ser escuchado, la señora hizo una cosa rarísima: sacó una moneda de un euro y se la dio.

—Toma, hijo. Esto para ti.

Ángel se la quedó mirando. ¡Él no quería dinero! Solo que le escuchasen. Eso, sí. Y estaba dispuesto a conseguirlo. Tenía un encargo muy importante para las gentes de la ciudad. Empezó diciendo:

—La Navidad...

La señora le interrumpió enseguida.

—Sí, hijo, sí –dijo, como disculpándose–. Ya lo sé. Estas fiestas son tiempo de propinas y aguinaldo. Tienes razón. Pero ¿qué quieres? No me queda suelto nada más.

La otra señora intervino entonces:

—¡Fíjate! Tiene cara de frío. ¡Y no lleva más que un jersey! En vez de dinero, le vendría mejor algo de abrigo.

Comenzó a buscar entre los paquetes que llevaba hasta dar con uno determinado. Lo abrió.

—Toma, para ti.

Era una estupenda bufanda de lana, de cuadros escoceses. La última moda. La señora la enrolló con tres vueltas en el cuello de Ángel y dijo, ponderándola:

—¿Qué? ¿Te gusta? Abriga, ¿no? Ya la puedes cuidar, que me ha costado un dineral. ¡Lana inglesa legítima!

Ángel intentó protestar. ¡Pero si él no tenía frío! No deseaba propinas ni regalos. Solo anunciar a los hombres de la ciudad el nacimiento del Hijo de Dios.

Pero de su boca, tapada ahora por la triple barrera de lana, apenas salían más que unos débiles ruiditos que la señora tomó por frases de profundo agradecimiento.

—¡De nada, hijo, de nada!

Y después, hablando con la otra:

—¡Soy tan sensible! No puedo ver una desgracia a mi alrededor. Y menos en estas fiestas...

—¡Chico! ¡Chico!

Al no recibir respuesta, el taxista repiqueteó con el claxon.

—¡Eh, chico! ¡Despierta! ¡Te vas a quedar como un rábano, ahí quieto!

Ángel levantó la cabeza. Era ya muy tarde, y la calle, tan concurrida horas antes, estaba desierta.

—¿No me oyes? Acércate –dijo el taxista.

Ángel se levantó. Estaba entumecido, por el frío y la postura.

—Tienes frío, ¿eh? ¡Pero, hombre! ¡A quién se le ocurre sentarse en plena calle! Podías haberte arrimado a la boca del metro, o resguardarte un poco en un portal. Pero lo mejor es que te vayas para casa. No sacarás ni una perra con el frío que hace. Y menos en una noche como esta. Todo el mundo está metido en casita, celebrando la fiesta. No es momento de pedir limosna.

Ángel murmuró:

—Yo no pido limosna.

—Entonces, ¿qué haces? Ven para acá, que te vea la cara. Cuéntame. ¿Te has perdido? Pues ya me estás diciendo las señas para que te lleve en un voleo. ¿Vives lejos?

—Mucho.

—Bueno, ¡qué le vamos a hacer! Sube, y si tus padres no tienen dinero para pagar la carrera, pues tan amigos. Un día es un día. ¡Sube, te he dicho!

La orden era terminante. Ángel abrió la portezuela, sentándose en el asiento delantero, junto al conductor.

—¿Dónde vives? –insistió el taxista dándole al contacto.

Ángel contestó la verdad.

—En el cielo.

El taxista, del susto, soltó el volante. A punto estuvieron de darse contra un farol. Suerte que no estaba por ahí el guardia, que si no, multa segura.

—¿Quéeee? –gritó.

Y después, ya más sereno:

—Mira, niño, déjate de guasas y dime la verdad.

—Ya se la he dicho.

Conducir y aclarar el enredo, era demasiado. Incluso en Nochebuena. Frenó:

—Mira que no estoy de humor para bromas. Que me está esperando mi señora y no quiero tardar más siendo la noche que es. Hasta el crío estará despierto para cenar con sus padres. Dime quién eres y dónde vives. ¡Pronto!

¡Al fin encontraba a alguien dispuesto a escucharle! Ángel no se hizo repetir dos veces la pregunta.

—Soy un ángel y vivo en el cielo.

El taxista no podía creerlo.

—Mira que, trabajando todo el santo día con el taxi de aquí para allá, se ven y se oyen cosas raras. Pero como esta, ninguna. ¿Y se puede saber qué estas haciendo aquí, tan lejitos de casa?

Ángel no deseaba otra cosa.

—He venido para anunciar a todos que es Navidad.

—¡Valiente noticia! Eso lo saben hasta las ratas.

—Lo saben, pero no lo comprenden ni lo viven.

—¿Qué dices? Vamos a ver si va a poder ser. Y explícate despacio, que yo me aclare.

—Los hombres saben que es Navidad porque lo dice el calendario, pero se olvidan de celebrar el Nacimiento del Hijo de Dios. La Navidad es el principio de la salvación. Todas las alegrías del mundo tienen en este día su raíz, y todos los dolores del mundo su consuelo. La tierra se llena de caminos que conducen a Dios, y en todos ellos, de guía y compañero, va Jesucristo.

El taxista, muy suavemente, para no interrumpirle, metió la primera y arrancó.

Ángel continuaba:

—Navidad es mucho más que un negocio, un regalo, una reunión familiar o una comilona. Es la gloria del Hijo de Dios nacido entre los hombres.

Ángel sonrió tristemente, recordando sus correrías de la jornada.

—Me han dado una moneda y una bufanda de colores, pero nadie ha querido escuchar mi mensaje.

El taxista respondió, bajito:

—Yo, sí.

Y aceleró de golpe.

El ruido del llavín en la cerradura anunció su llegada. Enseguida, se oyó la voz del hijo dentro de la casa.

—¡Papá, papá! ¡Ven a partir los turrones!

Después, la voz de la mujer:

—¿Eres tú, Isidro? ¡Vaya horas! ¡Mira que hasta en Nochebuena hay que estar esperándote hasta las mil y una! ¿Cómo se te ocurriría esto del taxi? Bonito oficio, que ni siquiera permite estar libre una noche al año. ¡A cualquiera que se le diga...! Ea, vamos pronto a la mesa, que se estaba empezando a quemar el pollo.

—Ya voy mujer, ya voy. Pero no te preocupes tanto por esas cosas. Navidad es algo más que el pollo y los turrones... –dijo el taxista.

Ángel, al oírle, sonrió.

Índice

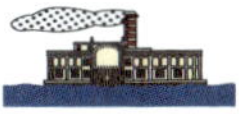

TE CUENTO QUE MONTSERRAT DEL AMO...

... recuerda con cariño que en su casa a todos los miembros de su familia les gustaba contar historias. Su padre, los argumentos de las obras de teatro. Su madre, recuerdos de la infancia. Su hermana, el viaje que hizo a Roma. Sus hermanos mayores, anécdotas que les habían ocurrido –o, por lo menos, eso decían–. Montserrat escuchaba todos esos relatos extasiada y, poco a poco, fue inventando y narrando ella también, sobre el papel o por medio de la palabra. Y como tiene mucha constancia, ya hace años que es una excelente escritora y narradora. Escucharla contar con su potente tono de voz una leyenda oriental, por ejemplo, es una absoluta delicia...

Dice Montserrat que para ella leer es mucho más que una afición; en realidad, una auténtica necesidad cotidiana. Además, a la autora le gusta viajar, caminar por la montaña y el chocolate con churros. Mmm... ¿A quién no?

Montserrat del Amo nació en Madrid, estudió Filosofía y Letras y se dedica desde hace muchos años a la literatura infantil. Con mas de cincuenta libros publicados, tanto para jóvenes como para niños, la autora ha conseguido los principales galardones del país, entre ellos el Lazarillo –precisamente por **RASTRO DE DIOS**–, el Nacional de Literatura Infantil y el de la CCEI. Montserrat del Amo es experta también en narración oral.

¿QUIERES LEER MÁS?

SI TE HA GUSTADO **RASTRO DE DIOS** PORQUE ES UN LIBRO EN EL QUE APARECEN ÁNGELES Y MUCHAS BUENAS PERSONAS, TAMBIÉN TE GUSTARÁ **EL CLUB DE LOS CORAZONES SOLITARIOS**, que cuenta cómo Tor y sus amigos fundan un club con el fin de buscar compañía para la gente que se siente sola.

EL CLUB DE LOS CORAZONES SOLITARIOS
Ulf Stark
EL BARCO DE VAPOR SERIE AZUL, N.º 90

Y TAMBIÉN **LOS PARIENTES DE JULIÁN**, que describe el gran cariño que siente Julián por su abuelo, al que no duda en cuidar cuando se pone enfermo, y por su tía Gitta, con la que hay que tener mucha paciencia porque es como una niña pequeña aunque sea mayor.

LOS PARIENTES DE JULIÁN
Anna-Karin Eurelius
EL BARCO DE VAPOR SERIE AZUL, N.º 93

PROTECTING HARPER (SPECIAL FORCES: OPERATION ALPHA)

WATCHDOG PROTECTOR SERIES, BOOK 1

OLIVIA MICHAELS

Cover by Syneca Featherstone at Original Syn

Dear Readers,

Welcome to the Special Forces: Operation Alpha Fan-Fiction world!

If you are new to this amazing world, in a nutshell the author wrote a story using one or more of my characters in it. Sometimes that character has a major role in the story, and other times they are only mentioned briefly. This is perfectly legal and allowable because they are going through Aces Press to publish the story.

This book is entirely the work of the author who wrote it. While I might have assisted with brainstorming and other ideas about which of my characters to use, I didn't have any part in the process or writing or editing the story.

I'm proud and excited that so many authors loved my characters enough that they wanted to write them into their own story. Thank you for supporting them, and me!

READ ON!

Xoxo

Susan Stoker

CHAPTER 1

"Today's the day, babe," Kyle McGuire said as he rolled over and kissed his fiancée, Arden Volker.

She yawned and stretched. "Really? Something happening today?" But she couldn't hide her smile and her eyes danced with mischief.

Just for that, Kyle tickled her under the ribs. "Smartass," he growled into her ear.

When she finished laughing, Arden said, "I am so excited for you, and so proud, and so happy." Her gray eyes regarded him in the early morning light, shining with all the love he needed. They were still in bed at Arden's ranch house. Their black-and-gold Lab, Camo, snored like a furry buzzsaw in his bed by the window.

Arden started to get up and Kyle pulled her back, tucking her in tightly against his body. God, she felt so good in his arms. As eager as he was for this day to happen, he could've spent the rest of it in bed with his strong, sexy woman.

"Lemme go, I need to get the critters fed," she murmured against his chest.

And stubborn. Definitely stubborn.

But then she lifted her chin and started kissing his throat, right where the shivers always started and spread throughout his body. He'd put up with any amount of stubbornness for that sexy.

Kyle growled, "So which is it, woman? Is it lemme go or is it make mad passionate love with me, because you are sending the most mixed of signals right now."

Arden chuckled. "Oh, I think one signal is coming through loud and clear, judging by your reaction." Her hand moved between them and wrapped around his hard cock, stroking light and fast.

Kyle arched into her, groaning as she went back to kissing his throat, then nuzzling his beard stubble with her cheek. His hands slid down her back to cup her sweet ass. He rolled until she was on top of him and he could gaze up at her loveliness. Arden shifted until she straddled him and sat up. The growing sunlight caressed her naked body, lighting the curve of her graceful neck, spilling over her rounded shoulder, pouring down her breasts to pool around her bellybutton. *Perfection.*

"I love you, Arden."

Arden smiled down at him. "I love you, Kyle." She ran her hands over his abs and up his chest as she brushed against his cock. No doubt, his woman was hungrier than the critters she said she needed to feed.

Then again, so was he. She had him throbbing and aching for the sweetness between her legs. He slid his palms up to cup her breasts then squeezed her nipples as she closed her eyes and tipped her chin toward the ceiling. She rubbed herself along his length and stopped at the tip with a soft moan. God, they were both ready.

"Closer, babe. I want to taste your mouth." He pulled her

down gently, enfolding her as Arden's mouth met his. *So hungry.* His hands caressed her back all the way down to her bottom as she gripped Kyle and slid him home. They moved together, touching, kissing, racing toward the ecstasy waiting for them. Kyle's whole body tightened until he was moments away. Arden bit her lower lip and held her breath, a sure sign she was close too. He took her face in his hands.

"Look in my eyes, baby. Want to...watch you..."

The hot intensity of her gaze as her core squeezed around him sent Kyle over the edge. He groaned as he released into her, loving her answering moans of pleasure.

She lay down on him, her lips grazing the place where his neck met his shoulder. He breathed in her warm summer scent as he ran his hand through her hair. God, every time they made love was better than the last. Quick or lingering, morning, noon, or night, it didn't matter. The more of Arden he had, the more of her he wanted. And she met his desire with hers. He'd never felt so loved, so accepted, so cared for. That, and she made him laugh, to the point that his friends and former co-workers in Los Angeles remarked on how much he'd changed, how happy and relaxed he'd become.

Funny to think he owed it all to his search for Camo back in December.

Kyle had everything he ever wanted, ever needed. And now his job was to protect what was his by building his security team here in Colorado. Watchdog Protectors was one of many teams joined together with the purpose of finding and stopping injustice. And today he'd be meeting one of his benefactors, a man who had helped his former bosses, Gina and Lachlan, save Arden and her ranch by identifying the threat behind the threat. Once Kyle debriefed and found out who it was, he'd been humbled and awed.

A computer genius named Tex Keegan.

Now that Kyle was close to fully opening Watchdog Protectors, Tex and his wife Melody were due to arrive today to troubleshoot Kyle's operation—and enjoy a well-deserved Colorado vacation. Tex would be going over the finer points of cyber security while Melody and their dog, Baby, relaxed with Arden and Camo. Arden was looking forward to the meeting as well, since she owed Tex a big thank you for helping to save her ranch.

"Your heart's pounding, Kyle, and I feel like that's not all me." Arden grinned up at him.

"Babe, it's always you. But yeah, today is weighing on me."

She kissed him. "Don't let it. What you've managed to accomplish in under a year is frankly astounding."

"What *we've* accomplished, you mean."

Arden propped herself up. "I rebuilt a barn. *You* started a multi-purpose security company."

"I couldn't have done it without you at my side." He brushed back her long, honey-colored hair. "I just want you to know that I appreciate everything, including putting off our wedding."

There. He'd said it, the other thing that was bothering him.

Arden rolled her eyes. "How long have we known each other now?"

Kyle grinned. "You want that answer in people years or dog years?"

She chuckled at their private joke. "We haven't even hit one people year yet so we'd better keep going with the dog years." She touched his lips to stop him from speaking. "My point is, I don't mind waiting. Not that I have any doubts that you're the love of my life, but that's just it—we have our whole lives ahead of us. We're together in every sense of the word except on paper. I'd rather we wait until we can actually enjoy the day," she slipped her hand down along his

torso, arousing him again, "and everything that comes after, than to try and cram a wedding and honeymoon in between you flying back and forth to LA and getting everything up and running here."

She removed her hand, which made Kyle groan, and sat up. "Now, I'm definitely running behind, and I want to make sure everyone is fed before Harper gets here for the interview. I'm so glad she wants a job on the ranch. I hope she takes the one you're offering her, too."

At the word *fed*, Camo stood up from his bed, stretched, and let out a noisy yawn. The former military working dog was no dummy and knew he was at the top of the food chain on the ranch.

Arden laughed. "Yes, sir, Camo, sir. I hear and obey your order."

~

While Arden made her rounds on the ranch—feeding horses, goats, chickens, and a new herd of alpacas led by one she'd had for years named Malakai, Kyle sat at the kitchen table catching up on email and checking on Watchdog's progress. The sawdust had barely even settled—as a matter of fact, there was still construction going on all around the land bought by some of Kyle's powerful new friends working for three-letter agencies. The complex included a main office for civilian clients seeking security, a bodyguard training facility that included a gym and a mock-up of a city street for practice, and Kyle's favorite—an entire division dedicated to fostering potential military working dogs and training other dogs for law enforcement and service.

Kyle absentmindedly scratched Camo's ears as the dog laid his chin on Kyle's lap. "So what do you think?" Kyle asked Camo. "You ready to share the house with another dog

for a few days? I hear Baby's a sweetheart." Tex and Melody's flight was due into Denver later that day, and they'd be showing up at the ranch a couple hours after that.

Kyle stood and stretched and headed for the door with Camo. They'd catch up with Arden and help her finish up feeding the animals. More like Camo would run a patrol along the perimeter on the lookout for a fox or the recent family of raccoons who'd decided that chicken eggs should be on their menu. Then Kyle would check on the dogs at the kennel. He hoped Harper would take the kennel assistant job he'd offer her today at the interview. After that, his old teammate Flint would show up to meet Tex and talk computers.

So weird, being a boss.

Anticipation ran like static electricity through Kyle, along with a touch of worry as he walked to the barn, this time concerning Flint. While Flint was like a brother to Kyle, he couldn't shake the thought that the man was hiding something from him. Flint had always been the cockiest guy on the team, the one to rush into danger first, especially if there was a bomb to disarm. Look up adrenaline junkie in the dictionary and you'd find a picture of Flint. He'd seemed eager to join Watchdog when Kyle contacted him, going so far as to retire from the military almost immediately. Flint had his reasons—related to Kyle's previous experience—but he hadn't expected such a quick response from the man.

And Flint's subsequent behavior once he got to Colorado, came as a surprise. He seemed subdued, even on the edge of hesitant. The fact that he wanted to be a part of the computer team shocked Kyle. He figured his old buddy would be all about the bodyguard work in the front office and the spec-ops in the back.

"Camo!" Kyle signaled for his dog to return before he ran off into the woods after a rabbit. The Lab bounded across the

yard, not as fast as he used to be on a mission, but still pretty spry thanks to Kyle and to Arden's vet skills.

Dog or human, the military leaves its mark. Yup, Kyle would have to confront Flint if he didn't open up soon. He had a feeling there was a mark there that he was missing.

CHAPTER 2

Michael "Flint" Gray turned right off the main highway from Longmont and started up a hill along a dusty road that led to the Watchdog Protectors complex. He took a swig of water to stave off another headache. *I'm still reacclimating to the altitude* he told himself. Ten years living at sea level did it.

But man, I don't need to reacclimate to Colorado's natural beauty. The road gave him an amazing view of the mountains to the west and the red sandstone cliffs carved by the St. Vrain river winding around the little town of Lyons. Bittersweet pain filled him at the sight. *I never thought I'd see those mountains and cliffs again when I tucked my tail between my legs and fled to the Navy, feeling like a total failure.* The Navy had turned his life around pretty quick though, and becoming a SEAL finished the job of making him into a success. But in the back of his mind, he still felt shame for the time he'd spent in Colorado, for those wasted years…and the woman he'd lost.

Flint shook his head to clear his thoughts of the most beautiful woman he'd ever known. He'd done his best to forget her, but coming back here brought her face back into

sharp focus. In a way, it felt like fate. He was done with his life as a SEAL, cut short by...well, that thought was even harder to face so he pushed it away.

When Kyle called and offered him a job with Watchdog Protectors, Flint thought his friend was talking about the company he worked for in Los Angeles, so he jumped at the opportunity before Kyle went on to tell him to pack his bags for Colorado. *Would that have made a difference?* Flint wondered now. *No*. He'd become desperate, wondering if he had any future at all.

He wasn't a man who'd ever dreamed of considering suicide—SEALs never quit. Life was sacred to him, not something to throw away. Even if he were to die in the line of duty, he wouldn't consider it a waste of his life. He'd be sacrificing himself for the good of others. And that made all the difference.

But lately, he suspected something about himself that scared him to his soul. And that darkest of options, the one he thought he would *never* contemplate, kept trying to cross his mind.

The tremor in his hand as he reached for his bottle of water pushed that thought front and center.

No. Not an option.

Flint took a deep breath to lighten his mood. Today was a big opportunity, and that's what he needed to focus on. He was so thankful for the second chance Kyle gave him, right when Flint was ready to leave the service. He swore to himself then and there in the truck that he would not throw his chance away. Not throw his *life* away.

At least, not today.

Flint wasn't ready to tell Kyle what was wrong—he needed to prove himself first. Prove that he could still be a valuable asset. For as much time as he had left.

You're worrying over nothing. Making a mountain out of a

mole hill, as big as the mountains off in the distance. Everything is fine. Yup there it was—that other little voice inside his head telling him to stop thinking about his problems. That counterbalancing voice, as soothing as it was, was deadly. How many times had it gotten him in trouble in the past? He knew he would have to confront the truth sooner rather than later. And as long as that voice kept telling him he didn't have to face what was wrong, things actually got worse.

As Flint took another hairpin turn, his hand trembled on the steering wheel. He growled at it and tried to grip the wheel harder. Nothing was going to stop him today. Not his fear, not his doubt, nothing.

He passed the turnoff for the main office and kept going up the hill toward the ranch. He passed the Service Animal Center—Kyle's pride and joy—then the mock city street and buildings for ops and bodyguard practice, to the turn leading to the ranch. As Flint came to the end of the long lane, he marveled at the beauty of the place. The ranch house was something else—part Victorian, but with a modern addition Arden's family had built in the Seventies.

Kyle had wanted to talk to him at the ranch ahead of their meeting with Tex Keegan. Flint was excited to actually be meeting the legend he'd heard so much about. Just to be trusted with the man's true identity was an honor. How many men and women had Tex gone on to save and protect after his SEAL career ended in an explosion that robbed him of his leg?

Flint pulled up next to an old silver Honda and his heart skipped with recognition. *No...just a coincidence. How many silver Hondas are there in the world?* He shut his truck off and stepped out. The air was cooler up here than it was in Longmont, fresh and clean with a good pine scent. He understood Kyle's decision to leave California and come to Colorado, even though Flint kidded him about his new landlocked

state. If he didn't pull his teammate's chain, how would Kyle know that Flint cared, right?

"Hey, brother," Kyle called from his chair on the wide front porch. Camo stood up and trotted down the steps to escort—though *herd* might be a better word—his former SEAL teammate back to his buddy. Flint had missed the old mutt after their team was separated and divvied up among the others.

"You just gonna loaf around all day?" Flint teased Kyle. "Sit here and drink lemonade?"

"Don't make me fire you for insolence this soon." Kyle clapped Flint on the back. "Have a seat." He gestured to a wooden chair on the other side of a small table holding Kyle's laptop. "Arden chased me out here."

"She with a client?" Flint asked. He knew about Arden's animal therapy practice and how some of her patients could be skittish around a big guy like Kyle, especially if the client was a woman with a past full of abuse.

"Yes and no. She's a recent client, but she's been boarding her horse here for years. Arden's actually interviewing her to help around the ranch."

Ah, that explains why the Honda's here.

Kyle's expression darkened. "Arden's shoulder has been acting up from, you know." Even now Kyle had a hard time talking about last December. "They're inside negotiating now. I just interviewed her myself to help Alex out at the kennels temporarily, if she'll say yes. She's down on her luck right now, so there's a good chance."

"Down on her luck?"

Kyle nodded. "She's trying not to show it but she looks…haunted."

Flint gripped the arms of the chair and tightened his fists even as he felt them tremble. Arden's clients ranged from kids with disabilities to veterans reacclimating to civilian

life. But a haunted-looking woman? More often than not, that had abuse at the hands of a man behind it.

Kyle read his thoughts. "Yeah, brother. Disgusting. I don't know her entire story obviously, but she and Arden have been friends for a while. Arden knows that if any of her clients or friends need our services, we're here. And if she says yes to my job offer, that goes double."

Flint nodded as he relaxed and his grip loosened. "I love being able to make a difference again."

Kyle studied Flint. "Everything okay with you? We haven't had a real chance to talk since I hired you."

Dammit. That ice-blue stare sees everything, doesn't it? "Fuck yeah, I'm great. Gonna meet a legend today." Flint extended his fist for a bump, relieved that it wasn't shaking. "How much time we got?"

Kyle paused before answering and Flint knew he wasn't out of the woods. "Melody texted that they were on their way about forty-five minutes ago, so we've got maybe another half an hour."

Great. Just enough time for Kyle to ask what the fuck is wrong.

"So," Kyle started. "Gotta say I was surprised that you wanted to go the desk job route."

Bam. And he's not pulling punches. "Yeah, I know. I was kinda all out there on the team."

Kyle laughed. "Understatement, brother. You made the rest of us look like timid wallflowers."

Flint returned his smile. "Things change, man."

"Not always for the better."

Not always. But not yet. "Hey, Mr. Doom and Gloom," Flint deflected. "Things are great now, right?" Flint gestured at the yard and the view of the mountains peeking over the treetops. "It's good to be here, out of the service. Working with my old teammates again, both the two-legged and the four." He patted Camo on the head.

By the look on his face, Kyle wasn't buying it. *Shit.* "You *really* want to go into computers, brother?"

"I do. It's what I was studying in school before the Navy."

"But what about—"

Mercy smiled on Flint when the door flew open and Arden stepped outside with another woman—right up until Flint got a good look at her.

Flint couldn't believe his eyes. *Impossible.* After all these years, to see her face again.

Top to toe, Harper Marling was stunning. From her shoulder-length soft brown hair pulled back in a ponytail, to her dark brown eyes and full lips, to her legs that went on forever. Her riding clothes looked like they belonged on a woman who drove a new BMW, not the old Honda he now recognized for sure from their college days. But her clothes also looked a little loose on her, like she'd recently lost some weight.

Harper's eyes widened in shock as she looked him up and down. Assessing, evaluating him, and he was pretty sure he was still coming up short. He always would. Nothing had changed since she'd told him goodbye ten years ago. Harper was high-class from head to toe. Her riding clothes probably cost more than he made in a month, her manicure alone a week's pay.

No, she hadn't changed a bit—still top-shelf beautiful.

Still angry.

Harper tossed her ponytail over her shoulder. Yup, the anger shone in her eyes right along with the surprised look. It *was* anger, right? Not pain—she couldn't possibly give two fucks about him after all this time. No, she was just shocked to see him, that's all, and if he knew her, she'd offer a bland and pleasant hello before brushing past him on her way to some luncheon or spa treatment. Maybe she had kids to pick up from some country day school or other. God, didn't that

thought hurt—Harper married to someone more her speed, happy with a little family to tend, like she'd always talked about.

He shook off his negative thoughts. Here he was judging her and she hadn't even opened her mouth yet. Old bad habits, defensive ones.

Stop it he told himself. *You aren't that guy anymore.*

"Michael," Harper said. "I can't believe it's you." Wait, where was that anger going? It faded so quickly from her eyes that he almost doubted he'd seen it there only moments before. Wonder filled her voice and the prettiest smile crossed her lips.

Harper. His Harper from years past. Back when she loved him. Standing right there in front of him as if no time had passed.

"It's me," he said, sounding like a lame-ass to his ears.

"Have you—" she looked from Flint to Arden and Kyle then back to him. "Are you guys friends?"

Arden and Kyle looked just as surprised at this reunion. "Flint and I served together in the military," Kyle said. "I just hired him. But *you* two know each other?"

"Flint?" Harper asked, one eyebrow rising. "Yes, *Michael* and I know each other from grad school," Harper said smoothly. "We were roomies."

Roomies, yeah. Just fucking roomies. He cleared his throat, which had suddenly gone bone-dry. "In a house in Boulder. A big one. With other people. Lots of roomies. Cost less that way," If she was going to play that game, he'd go right along with it.

And there it was—her anger came right back. But why should it? If she was going to call him nothing more than a roomie and then get mad when he agreed, she had no right to be angry. She was the one who dumped him, after all.

Even if it was probably the best decision she'd ever made.

"Roomies," Arden said. And dammit if the tone of her voice didn't say *yeah, right.*

Up went the corners of Harper's mouth. "Yup. Roomies." She clipped out the words. "So," she turned her back on Flint to face Kyle. "I've thought about your offer, and the answer is yes. Will tomorrow work as a start date?"

Kyle's brows rose. "Sure. Tomorrow's great."

"Start?" Flint asked, an iron bowling ball materializing in his stomach. *Oh, God. She's the woman Kyle was talking about.*

"I just hired Harper to assist with the kennels," Kyle said, clasping his hands behind his back and rocking on his heels. "So, I guess you former roomies are now…workies?"

"Workies." Flint felt absolutely stupid saying the word.

Harper gave Flint what he used to think of as one of her 'Social Smiles' which he was sure her mother had taught her at the age of three. It was a smile that was sky-high in politeness, absolutely unassailable. A fortress of a smile.

"I look forward to working with you," she said.

"I doubt we'll see much of each other. I'll be doing computer work mostly." Nope. That didn't even crack her façade. She nodded and if anything she smiled even wider.

Harper's purse buzzed three times and she looked at it as if she'd accidentally trapped a hornet. "Excuse me." She reached into her purse and took out her cell. When she swiped the screen and read the text that must have come through, her fortress collapsed.

Despite his annoyance, Flint had to fight back the urge to pull her to him. How many times had he seen that look when her parents called? How many times had he talked her into drinking with him to numb the pain? How often had she crawled into his bed seeking his body to help her forget?

Arden placed her hand on Harper's shoulder. "Is it him?" she asked, her voice soft and gentle.

Wait, him? *Who's him?* Flint's hackles rose. He glanced

almost involuntarily to her left hand. No rings.

Harper nodded, color rising in her cheeks. "He's just trying to unnerve me." She didn't look up from the screen, as if the message wouldn't let her go.

Her rage apparent, Arden gave Kyle a look that said *this is bad and we need to do something about it.* Kyle returned the sentiment with a terse nod.

"Who's trying to unnerve you, Harper?" Flint couldn't help himself.

Her gaze broke away from the screen. My—" She bit her lip. "My ex. Well, soon-to-be-ex. He's sort of holding me hostage with the lawyers."

Ice-water lightning shot through Flint's veins. Of course Harper got married. A beautiful woman from a good family like hers, she wouldn't stay on the market forever. Flint wondered how long she'd waited to trade up from him after she'd walked out. *Stop it. You know what she did was for the best.*

Too late; from the way her face fell, Flint knew she'd picked up on his thoughts.

Kyle touched her arm. "Harper. Do I need to assign you a bodyguard?"

Harper's eyes widened. She immediately snapped the Social Smile back in place, even added a dismissive giggle. "Oh, of course not. I'm overreacting." She dropped the phone back into her purse. "You know how ugly exes can get, how high passions run." The quickest side-eye speared Flint in the heart.

"I'm fine, really." She backed up to the edge of the porch. "I'm going to the main office to fill out the rest of the paperwork and then I'll see you bright and early at the kennels tomorrow, Kyle. Arden, do you need me to help you with the horses tomorrow too?"

Arden blinked, obviously troubled by Harper's whiplash mood. "That would be great. Harper, are you sure—"

"Perfect." She turned and her bootheels tapped down the wooden steps and raised little puffs of dust as she practically sprinted to her car. She got in, gave a little wave, and started the Honda.

Or tried to. Flint watched as she repeatedly turned the key with no luck. She glanced at her dashboard and suddenly her eyes rounded and her mouth opened.

What the fuck?

"Hold up," Flint said, wondering what the hell he was doing even as he bounded down the steps. He went to the driver's side. Harper's car was apparently totally dead so she couldn't lower the window. He waited for her to open the door. Instead, her hand flew up to cover the digital readout on her radio, confusing him even more. Was it glowing behind her fingers? Fading? She dropped her hand and the screen was dark.

Harper opened the door. She seemed disoriented, as if she'd had a shock. Her brown eyes looked almost black against her paling skin; the pupils were fully dilated. Like prey searching for its predator.

Flint knelt and helped her stand. She placed her hand square on his chest and his heart fluttered with recognition —*she's back. She came back.*

"Harp?"

"I'm okay. Just…overheated."

Arden and Kyle were already on their way, a glass of lemonade in Arden's hand. Camo circled the group.

"Drink this," Arden said. "And tell me what the hell just happened. What did that text say? You look like you just saw a ghost."

"What happened in the car just now?" Flint added.

Harper closed her eyes as devastation crossed her lovely face. "*Him.* But no one will ever believe me," she whispered, sounding utterly defeated.

CHAPTER 3

Harper Marling knew she was a dead woman walking.

She knew it when her old car did something impossible. She knew it before she saw Michael's, Kyle's, and Arden's confused expressions. Their doubtful looks were just the writing on her tombstone.

Michael tightened his arm around Harper's shoulders, which just made everything that much more surreal. To see him today after ten years… what was he even doing here? What were the chances that they'd not only meet again but would be hired by the same company? Even more disconcerting was the way Michael held her now, as if he cared what happened to her.

"Believe you about what?" Michael asked Harper. His soft voice contrasted with his bulky frame, and with her memories. He felt like he was carved out of granite. The guy she remembered was muscular but not this built. How could someone this big have such a gentle voice? *And why is he using it with me, of all people?* It took Harper a moment to register that he wasn't outright doubting her. That he wanted to hear her story.

Tears stung her eyes—a mixture of fear and relief. *But how can I even think of trusting him?*

"What were you hiding in the car?" Michael asked as he looked back through the open door. She followed his gaze to the radio display, blessedly dark again. When she'd tried to start the car it had blazed with one word—*bitch*.

Impossible.

Except with her ex-husband, nothing was impossible. Not anymore.

"Harper? Do you need a bodyguard?" Kyle touched her arm.

Arden reached into the car and grabbed Harper's purse. "Honey, can I look at your phone? What did he say?"

Harper squeezed her eyes shut. Too much, it was all too much. Her carefully built façade of everything-is-okay was crumbling around her. Ever since she'd suspected what James was up to and took steps to finally leave him, her life had been a living nightmare.

"You won't find anything," she told Arden. "It's gone."

"You deleted it?" Arden pulled Harper's phone out and handed it to her to unlock. "If he's threatening you, you should keep the messages for proof."

"I know that. And I've tried." Harper unlocked her phone and handed it back to Arden. "Check to make sure, but you won't find anything in my texts."

And she didn't. Harper could tell by Arden's puzzled expression. Then her phone buzzed with another incoming text and Arden went from puzzled to furious.

Arden gasped. "God, what an asshole. But how did he know about your car?"

"That was him?" Harper actually smiled. *The asshole fucked up*. "Now watch the message."

Michael and Kyle craned their necks to see, but they were too slow. The men looked at each other, confused. "What

message?" Kyle asked as he looked between her and Arden. "What were we supposed to see?"

"It was right there." Arden tapped her finger against the screen. "The message just disappeared." She looked at Harper. "*I* saw it, Harper. I know it's true. And it's sick."

Relief flooded Harper and she hugged Arden. Her friend had her back. Harper fought against sobbing and barely won. God, what was Michael thinking as he watched her totally breaking down right now? She shouldn't have cared, but she pulled away from Arden and did her best to get her emotions under control.

"Is it one of those apps where the messages disappear?" Kyle asked.

"It isn't," Michael answered as he examined the screen. He looked even more puzzled. *Great. This is where he stops believing me.* Harper's heart sank to her feet.

Michael scratched his chin. "It's a regular text app, but the message just disappearing like that?" He blew out his breath. "That is some high-level voodoo right there."

What? "So, you do believe me?" Harper asked. God, she sounded like a croaking frog.

"Got no reason not to," was all he said. But to Harper, it meant everything. He stretched out his hand as if to touch her arm, then pulled back.

"Tell me what's going on," Kyle said. "You obviously need protection."

Harper tried to speak, but the words jumbled in her head. Yes, she needed protection, but how to explain? Where to begin?

Arden touched her arm gently. "Take a minute. You're safe here. Let's all go back inside and have a seat while we figure this out."

Harper kept her eyes down as they walked back into the house. She didn't have the energy right now to pretend that

everything was all right, let alone to make eye contact with Michael.

"Am I cutting into your next session?" she asked Arden. She glanced at the men and looked away quickly. "Wasting *your* time?"

"Not at all," they both answered at the same time. That actually made her smile. So did Camo, who decided to walk right next to her as if telling the rest of the world, *back off, she's under my protection now*. Harper loved animals, dogs and horses especially. James hated animals, saw them as nuisances that needed looking after. He'd tolerated Harper keeping a horse so long as she boarded it somewhere else, but she couldn't have a dog around the house. Soon, she'd be taking care of a whole kennel if she could get past this, if Kyle and Arden didn't see her as too big of a risk to keep. That thought brought fresh tears to her eyes.

Harper expected Arden to lead her back to the kitchen table where they sat for the interview. Instead, she led her past the open-concept kitchen and straight to the oversized leather couch in front of a giant fireplace in the great room. Despite the early summer day growing warmer, Arden handed her a fluffy throw and Harper realized as she put it across her lap that she immediately felt safer and calmer once the weight of the blanket rested on her thighs.

Arden sat on one side of her and Michael on the other. Kyle had picked up a kitchen chair and sat across from her. Camo laid his head on her lap and she scratched his ears. Surrounded by such visceral support, Harper took what felt like the first deep breath in months.

"Like I said, I'm going through a bad divorce." God, those words didn't even begin to describe the hell she'd walked through the past year—the hell she continued to live in as James dragged the proceedings out. In her heart, she hadn't been married to him for a long time, had been honest about

it and told him over and over, but he wouldn't set her free. *I own you* he'd told her, as if she were a watch or a sports car. She glanced up at Arden, who smiled encouragingly.

"It was bad. Really bad. It's still bad." Harper closed her eyes. *Spit it out, you stuttering idiot.* The words in her head were in *his* voice and her thoughts screeched to a halt. She waited for someone to tell her to get on with it, to stop wasting their time. No one did. Instead, they waited patiently. That helped so much.

"You might have even read about it in the papers. About him. "Our company... I mean, *his* company now, is under some scrutiny. It's not my company anymore, and it's only one of his..." She shook her head. She was babbling. She was always babbling and talking when she should just shut the hell up.

Stop it. All the criticism in her head was in James' voice again.

She focused on Camo. Such a good boy. "I was married to James Hargrave."

She heard Michael's swift intake of breath. "Yeah, he's in the news. Healthcare Bro."

"Yes. That's what they call him," she confirmed, cringing as shame flooded her.

"And he's threatening you?" Michael asked as he moved closer. His voice was gentler and warmer than she ever remembered it being.

"He's a monster," Arden said, hatred dripping from her words. "No other word for it."

Harper nodded in agreement. "You must think I'm the stupidest person in the world to get involved with someone like that."

Arden put her hand over Harper's hand as she scratched Camo's head. "That's him talking in your head again. He's not allowed in there. Only good things about yourself."

"Tell me about the text, Harper," Kyle said.

"I don't know how he does it." Harper played with Camo's floppy ears. "He figured out how to send messages that disappear after a few seconds. I thought I was going crazy at first. And I didn't want to show anyone. Because the messages, they're..."

"They're sick." Arden finished what Harper couldn't say. She shook her head. "At least the one I just read was. It said, *Car's dead? Why aren't you dead yet?*"

Harper shivered. "The one that came in before told me to kill myself."

Michael reared back. "Son of a bitch."

Tears threatened to spill again. She couldn't tell them why he really wanted her dead. Harper was being forced to choose between her sanity and keeping everything quiet. Just like the entirety of her marriage. Pretend everything is fine.

Kyle reached across to comfort her. "That message was a direct threat. And no one threatens my people."

Harper looked up in time to see a dark, knowing look pass between Kyle and Arden.

"There are a couple of safehouses up here," Kyle went on. "You can stay in one if you aren't feeling safe right now, while we figure out your situation."

"What about your parents?" Michael asked, his tone dripping with ice. "Aren't they helping you?"

Embarrassment flooded Harper. There was no love lost between him and her parents, but to hear the bitterness in his tone after so many years... Add to that the part they were playing in all this and his question felt even more brutal. He had them charmed, her mother especially wrapped around his finger. Her father had invested in some of James' schemes. They refused to help her, telling her instead that she needed to do the right thing and return to him. She had stopped talking to them completely a month ago.

"I'm keeping them out of this. I'm supporting myself. Or trying to." She had no idea how much a bodyguard service would cost, or staying at a safehouse, or anything else. Would Kyle dock her pay from day one to cover it? A year ago cost was no concern. Of course, neither was hiring a bodyguard service. And then everything changed. James changed. Or maybe *Harper* changed—caught a glimpse of reality through the gaslighting and came to believe she was worth something —and started pushing back.

No, she couldn't accept bodyguard services and a safehouse, and not just because of the cost. A bodyguard would keep an eye on her full-time and that's the last thing she needed right now. "I don't think I need a safehouse. I don't feel physically threatened. He's just trying to scare me."

"Harper, are you sure?" Arden looked distraught. "Things can escalate quickly."

She shook her head. "Honestly, this is hardly anything different than what he did toward the end of our marriage. He's just trying to get into my head." *What do I mean 'get into?' He lives here full-time.* "If I hide up here, he'll know he's gotten to me and then it'll get worse. Besides, most of my assets are frozen right now so I couldn't pay—"

"Let me stop you right there," Kyle said. "Consider this a perk of working for me. I can fill out the paperwork today for a bodyguard, get you tucked away into a safehouse this evening."

Gratitude flooded Harper. She *would* feel better if she knew someone was keeping an eye on her tonight, but what if they discovered the truth? She couldn't afford that, not now. God, her head was spinning.

"Is there some reason why you don't want protection?" Michael asked. *Damn him.* He could still read her like a book.

Okay, I'll play along and then figure something out later. "No. I… I'll pay you back once everything is settled, Kyle."

"Negative." Kyle stood up. "Like I said, it's on the house."

"I don't know what to say except thank you."

"I'm sure you'll want to pick up some essentials and valuables from home. We'll get a bodyguard assigned to you today—"

"I'll do it," Michael said quickly.

What?

Kyle quirked up an eyebrow. "Flint, we have a meeting today with our *consultant*."

Michael blinked and Harper read his expression; she'd seen it countless times when they lived together—he was getting ready to bluff. "I just figured that she would want instant protection. We could go and come back immediately."

"If it's a problem, I can call a ride. I don't mind going alone. He's been sending me messages like this for a while. Today is no different."

"Absolutely not," Michael growled. "He told you to *kill* yourself. Look, from what I've read, this guy's some sort of powerful son of a bitch and you need someone with you as a deterrent."

Wow. This was not the man she remembered, the man—no, the *boy*—she'd left after he'd broken her heart for the last time.

Michael stood and offered his hand to Harper. She took it as she stood up. He'd always been a big guy, but the military had bulked him up even more. His hand was like a bear paw encasing hers.

"Kyle, I'm not meeting with Te…our consultant, until later anyway, right? We'll make this a tactical strike." He turned his attention back to her. "Important documents, any valuable jewelry and hard currency, medications, weapons, small mementos that can't be replaced, a weekend bag or small suitcase of clothing. Toiletries are provided and if

there's anything else, we can order online or get a store to deliver. In and out of your place in twenty minutes, tops. Think you can do that?"

"I can do that. I don't have much in my apartment anyway."

"Great. We'll take my truck." He smiled at Kyle, whose mouth opened and closed.

Arden touched Harper's arm. "Are *you* okay with this, Harper?" she asked. "Sometimes the guys get a little overzealous around here, but they mean well."

"I am, thank you. Thanks for asking." Harper grabbed Arden's hand and squeezed it. "Thanks for everything. I must sound crazy."

Arden's gray eyes looked straight into hers. "Not one bit. You sound scared, and that is as sane and healthy as you can get."

Harper started toward the front door and Michael placed his hand on the small of her back. Startled, she jumped and he removed it immediately.

"I'm sorry, I shouldn't have done that," he said in a low voice.

"It's…it's all right. I shouldn't be jumpy."

Michael gritted his jaw. She expected him to say something else to her.

"Back in a bit," he called over his shoulder instead. Then to Harper, he said, "We'll talk in the truck, okay?"

Which was the last thing Harper wanted.

CHAPTER 4

James Hargrave. As soon as Kyle put two and two together and came up with that pile of human excrement his blood turned cold. Sure, Hargrave was in the news because of douchebag moves like price-gouging on lifesaving medical advances and his tendency to buy up small companies and raid them like piggy banks. But he was already on Watchdog's radar for other suspicious activity.

"So," Arden said as she turned to Kyle after watching Harper and Flint leave. "I saw your face. Tell me what *you* know about James Hargrave. How much danger is Harper in?"

Of course, Arden would ask that. One, she knew about Kyle's professional friends, especially Gina, who would neither confirm nor deny that she was still with the CIA, but had mad skills when it came to collecting information. And two, Arden had taken Harper under her protective wing, just as she had done with Camo and a million other 'strays'—including Kyle.

"Babe, that is a tough question because I can't tell you fully, but maybe we can compare a few notes. Don't tell me

the two of you haven't talked about her marriage. She's been boarding her horse here for years."

Arden smirked. "Yeah, that's what I thought you'd say."

Kyle offered Arden his arm and they went to the front porch where his laptop still sat on the table. "I will tell you that Hargrave is already a person of interest for Watchdog and I'll be filling Tex in on this new situation as soon as they get here."

"But how dangerous is he for Harper? That's really what I'm asking." Arden's gray eyes narrowed as she sat in one of the porch chairs.

"You tell me. How bad is the message he sent today compared to what she's told you?"

Arden sighed. "Over time he has emotionally abused her into submission. I mean, it's nothing I haven't seen before with some of my clients. But…Kyle, he's on another level. She's practically given up fighting him. She's like a rabbit caught in a trap and chewing her own leg off just to get free. He holds all her assets. She got out with little more than the clothes on her back and the car she drove in college." She shook her head slowly. "How dangerous is he in Watchdog's view?"

Kyle's lips tightened to a fine line before he spoke. "As dangerous as any narcissistic sociopath with his own tech company."

"So, not very," Arden quipped, but the worried expression on her face grew.

He grabbed her hand. "Babe, she's under our protection now. Nothing's going to happen to her. But I will say, Tex can't get here soon enough. In the meantime, I'm going to alert Gina and Lachlan."

Kyle hesitated. Should he alert them? This was his branch of the business; shouldn't he be able to handle it on his own? Prove himself worthy of their trust in his leadership? After

all, James Hargrave was not directly moving against Watchdog, so why bring them in? Though Hargrave might attack if he discovered they were protecting Harper. She was still an unknown. But, she might be someone who could provide the information they could use to take him down if necessary.

Kyle was leaning toward necessary, if the recent chatter was correct. Tex would know even more.

He decided to send off a quick heads-up message to Lachlan and Gina—the equivalent of a tropical storm warning, but no hurricane yet. Then he emailed the main office down the road with orders to ready one of the safehouses for Harper and he assigned Flint to bodyguard duty—at least temporarily.

The sound of gravel crunching under tires announced Tex and Melody's arrival. Their rental SUV kicked up a cloud of dust from the road as they turned into Arden's lane. Tex parked beside Harper's Honda.

"How was the drive? Find us okay?" Kyle called as he and Arden descended the porch steps to greet them. Camo trotted ahead, tail wagging. He knew good people when he saw them.

"Not a fan of Denver traffic," Tex groused. "Smooth sailing once we got north of it. Beautiful country, too. Hot day though."

"Yeah, but it's a dry heat," Kyle said, shaking Tex's hand.

"So's a blowtorch." Tex grinned.

"Be glad you're here in June and not July or August. *That's* a blowtorch."

By now Melody had gotten out of the vehicle. She grabbed one of her blonde curls and pulled it out straight. "I

like what the dry air does for my hair. Humidity makes my hair frizzy."

"Your hair is gorgeous," Arden said. She helped Melody unload Baby while Camo paced back and forth, eager to meet the new dog.

"What a pretty girl," Arden cooed at the brown-and-white coonhound with only three legs. "And brave too, from what I've heard."

"That she is," Melody agreed. "I've heard the same about Camo. Also that he's a matchmaker." She crouched and Camo went straight to her, then groaned as she found and scratched the magic spot around his ears.

Arden laughed. "Matchmaking was one skill I didn't know they taught military working dogs." She took a canvas bag from the SUV. "Let's get you settled inside. I'm so happy to meet you."

"Pleasure's mine, too," Melody said as she stood back up. "Thanks for inviting us both. Colorado's so beautiful."

Kyle watched his fiancée beam as if the compliment were directed at her personally. Arden's family had deep roots going back generations to her great-great-great-grandmother Nancy who started the ranch, and Arden was an especially proud Coloradoan. He knew she had plans to show Melody around the little town of Lyons while he and Tex talked business throughout the week. And the first order of business was Harper and the disappearing texts. Not the way Kyle wanted to start things, but absolutely necessary.

"I can tell by your expression something's bothering you, son," Tex said as they carried his and Melody's suitcases up the steps.

As if he wasn't already wound-up just having Tex looking over his shoulder at Watchdog's cyber operations, the man was psychic to boot. Kyle gave him a tight-lipped smile. "I know you're here to check out the security system in general,

but this morning, I got a surprise. Something you might be interested in."

"Oh?" Tex's eyebrows went up and his dark brown eyes brightened.

Kyle held the front door open for Tex. "I'll show you when my new hire gets back from picking up a few things from her apartment. I've already got a bodyguard on her and she's set up to go straight into one of our safehouses."

Tex stopped in his tracks. "That bad?"

"That bad. Her ex is James Hargrave."

Tex nodded once. "Looks like we got here just in time."

CHAPTER 5

What the hell am I doing? Flint thought as he drove Harper down the hill. Just having her in his truck, surrounded by her heady jasmine smell, sent him back in time ten years. Back when he was out of control, when he was a nobody pretending he wasn't a loser. Back when he was escaping the pain of his family. Bad enough those memories flooded back in, he also had no business trying to be a bodyguard. He wasn't sure he was even capable. What happened if his body betrayed him? His hand was bad enough already. He'd had his mind made up about his path and that path led straight to a desk job.

For as long as he could keep it.

But Harper looked so defeated, so resigned to the continuation of abuse she'd suffered that he couldn't just sit there and watch. Even if they didn't share a history as lovers, it wasn't in his nature to do nothing. He needed to protect the beautiful woman sitting silently in his truck as close to the door as she could get, her head down, her hands clutched together in her lap.

She was so different from the young woman he once knew.

Harper Marling had intimidated Flint from the moment he saw her walk through the door of the old house he was renting with his friends Stacy and Tyler. Beautiful, smart, and well-connected, it was no secret she came from money. The Marling family owned land throughout Boulder County —mineral rights, water rights, businesses. Two Marlings had been state representatives and one a US senator.

Why Harper was attending a university in Colorado and not an Ivy League school back East where she could find a well-connected husband, as well as a prestigious degree, was beyond Flint, but that was before he discovered her father was on the university's Board of Trustees. She could have lived in her parents' palatial home and still attended classes, or had a house of her own, but she chose to rent a ramshackle place with three other people. Communal kitchen, bathroom, and the smallest bedroom that could probably fit in her closet back home.

He'd expected her to be stuck-up; maybe she was slumming it to piss off her parents and she'd break the lease within a month when the novelty wore off. Maybe she thought she'd just moved in with three house servants and she'd pack up as soon as she was expected to do the dishes. Instead, Harper offered to cook for everyone and clean up the very first night she moved in. She already knew Stacy from one of their classes, which was how she found out they were in need of a roommate after Leo moved out the previous month. But that night Harper won over Tyler with her inferno-hot wings and Flint with the twenty-four pack of fancy-ass beer and the bottle of Jack that went right along with it.

Yeah, she was trying too hard that night. She could have had him with a smile and a six-pack of Milwaukee's 'Beast.'

Okay, considering how much Flint drank, the six would have done it alone.

Flint was in the computer science graduate program, and there were days during BUD/s Hell Week a couple years later when he thought BUD/s was a walk in the park stress-wise compared to that pressure cooker of a program. Drinking took the edge off the pressure. At first, it made him feel like he belonged at college after all. Later, it made him not care if he did or didn't.

Thing was, he'd put most of the pressure on himself, feeling like he didn't belong and trying to prove he had a right to be there. Flint was the first person in his family to go to college. It was never a question growing up that he would —his parents wanted better for him and made sure he'd get there. He didn't want to disappoint them, especially his dad. Flint was smart and had a knack for computers, along with the oversized body and fearlessness that led to a football scholarship. Flint was king of his high school, but lost that crown the minute he stepped onto a campus full of kids from well-off families. And Harper Marling was the queen of them all.

That first night after dinner, Stacy decided to initiate Harper into the house ritual of playing Horse. She took out the board, the deck of cards, and the game pieces in their bag.

"How about a game?" she asked, shaking the bag. She already had the wine uncorked and Harper's beers were stacked in the cooler full of ice—that nasty fucking ice that came from the freezer and tasted funny. "Losers drink the cooler water," Stacy said out of habit, but thank God that punishment was never enforced.

"Girls against guys, or mixed?" Tyler asked as he sat down at the table.

"Girls against guys because I don't want to get stuck with the newbie," Flint had said. He'd already had a couple

of beers, just enough to take the edge off feeling intimidated.

"Rude, Michael." Stacy smirked as she shuffled the cards. "Just for that, you're with Harper. Would you like a slice of lemon with your cooler water?"

"Fuck." He scrubbed his face.

"Hey, I'm really good at games," Harper said. "I sit in all the time at my parents' Bridge nights and no one can beat me at Canasta." She looked over the homemade board covered in lacquered-on scraps of cut-up playing cards, at the dice, and finally at Stacy shuffling the cards. "This looks… interesting."

"It's fucking insane is what it is," Flint said.

Tyler grinned at him. "You are so fucked, bro."

Undaunted, Harper gave Flint one of her Social Smiles. "I'm a quick study."

"We'll see," he said as he distributed the pieces. "By the way, do you swear?"

"Swear? Like, say bad words?"

Jesus, really? Of course, she didn't swear. She probably wore a chastity belt too. And *bam,* that thought got him rock-hard, because fuck if she wasn't head-to-toe the most beautiful woman he'd ever seen. The thought of her innocence on top of that, of being the first man to see her naked, the first to touch her, the first to make her scream out an orgasm….

"You look uncomfortable, Michael," Stacy said as she dealt the first round, her poker face already in place.

Harper tilted her head, her smile replaced by the tiniest frown. "I'll do my best to keep up," she said quietly. Wait. Was she intimidated? The woman who had everything didn't want to let *him* down?

"Don't worry, they stuck you with me because I kick their asses every time and they're hoping maybe tonight they'll win. But the only thing we'll be drinking is more Jack and beer."

Two hours later, Flint and Harper were ahead by a hard-won twenty points, an almost impossible lead. And Harper proved that she did indeed know how to swear. Years later, Flint would impress his fellow sailors with some of the filthy, colorful phrases she came up with that night. His belly hurt from laughing. Stacy's and Harper's make-up was ruined from crying with laughter, and Tyler swore he pissed his pants.

Flint had lost count of the beers he drank and the shots of Jack that went along with them. He was feeling good, really good. Harper shined like a polished diamond. After winning a round, he grabbed her hand and kissed it. Her fingers smelled like jasmine.

"Uh-uh, none of that," Stacy said. "You are in danger of violating House Rule Number One."

"I am nowhere near violating House Rule Number One," Flint said before downing another shot of Jack.

"What's House Rule Number One?" Harper asked, her cheeks flushed. From too much wine or from the kiss, Flint wasn't sure.

"Do not sleep with your fellow housemates. It makes things complicated for everyone if there's an ugly breakup," Stacy said.

Harper's mouth rounded into an O. Her cheeks went from pink to bright red. "I'm not—"

Flint stepped in. "Stacy's only saying this because she speaks from experience." He pretended to cough and say *Leo* at the same time.

"Fuck off, Michael," Stacy said smoothly. "Another game?"

Two games later and it was well-past midnight. The beer was gone and the bottle of Jack was looking lighter. The wine bottle was already a long-dead soldier. They all had class in the morning—Flint was proctoring an undergrad programming class, Stacy had some sort of theoretical

physics, Tyler was studying engineering, and Harper had a medical ethics class.

"I'm calling it," Tyler said, pushing away from the table and heading for the stairs. "G'night."

"You need to drink the thing first," Flint said, kicking at the cooler full of skunky water and ice. Tyler flipped him off over his shoulder as he went up the stairs.

Harper started collecting empty beer cans into a trash bag for recycling.

"Don' worry about it," Flint said, trying not to slur and failing. "Losers clean up."

"I don't mind cleaning up." She tied up the bag and headed for the kitchen while Stacy packed up the game.

Probably a new experience for her Flint thought.

Harper stopped and looked back. "Did you say something?"

Oops, did I say that out loud? He must have at least mumbled it, judging from the annoyed look Stacy was giving him. "I said, good game, partner."

Harper beamed, her smile real. "Thanks, partner."

Stacy just rolled her eyes at him. She put the game away. "See you kids tomorrow," she said on her way to the staircase.

Flint stood and the room tilted. He gripped the back of his chair. Too much Jack, probably. Harper came back into the living room, took one look at him, and came over. "Let's get you upstairs," she said.

"I'm fine, jus' stood up too fast."

"Yup." She put her arm around him, which was very nice, and they walked up the stairs together. He only tripped once. His room was the first at the top. They stopped outside the door.

"Tonight was fun," Harper said. "Thanks for making me feel like I belong."

"Can't imagine you even not...no, wait." He held up a wavering finger. "Wrong word, *ever* not belonging anywhere. Nowhere. You belong." Flint laughed. At least *he* knew what he meant.

Harper's Social Smile snapped into place. "See you in the morning, Michael." He watched her walk to her room down the hall before he stumbled into his room.

Was she judging me? Fine. She could judge him all she wanted. She didn't know the first thing about him, his life, what he'd been through. And he didn't care. The Jack and beer saw to that.

Thinking back on how that night ended embarrassed him now, because he'd really thought she was judging his behavior. At the time he had no idea what *her* life was like, and that she was also under pressure, the majority of it from her family. He had no idea that his words undid the carefree fun she'd had and made her feel like an outsider again. Not until she'd told him much later, and by then it was too late.

~

Flint turned onto the highway going east and realized they had at least a twenty-minute drive. *Say something, anything* he chided himself. Harper had said next to nothing to him other than giving him the address to her apartment complex. And he drove tongue-tied, trying to think of something—anything—to say that might put her at ease. His instinct was to reach across the seat and grab her hand, convey in touch what he wanted to say—that she was safe now, that she had just found herself a team that would have her back.

So different from back then. The thought came to him unbidden, but it was true. Harper had no reason to trust him, not after what he'd done ten years ago. Not after showing her his worst.

He wanted to tell her he'd been wrong to be angry at her for leaving; that after all these years, he understood why and that she was right. And that he missed the good times they'd had.

Those words were on the tip of his tongue when she glanced at him, the barest smile on her lips. "So they call you Flint now, huh? Did you ask them to do that?"

"No. You don't ask for your nickname in the military, you just get it." *Why would she ask such a strange question?* And then it all came back to him and he knew. *The t-shirts.* She was referring to their t-shirts.

The tentative smile on her face immediately disappeared. "Oh. I thought maybe you remembered and that you... Never mind."

"You mean the t-shirts?"

Her tentative grin turned into the thousand-watt smile he'd missed for a decade. She turned in her seat to face him. "Yes! The t-shirts. You *do* remember them."

"How could I forget? The Horse with No Name Game Club."

Harper laughed, and God it was good to watch after she'd looked so miserable. "Yes! Everybody who saw us all wearing them together on campus thought we were crazy. Let's see. Tyler's shirt said Plants, mine said Birds, yours was Rocks, and Stacy was Things. And on the back—"

"Sand and Hills and Rings," they said together and laughed some more.

"It was worse when we tried to explain it, do you remember?" Flint asked.

"Oh, God yes. We'd be like, "Well, there's this insane board game called Horse."

"But you also use a deck of cards and some dice—"

"And the rules only make sense if you're drunk off your ass," Harper added.

"And the four of us play it, like, every night back at the house—"

"And it's incredibly fun but competitive so we all want to *kill* each other."

Flint glanced at her. "And then that song "Horse with No Name" came on the radio once while we were playing, and we couldn't stop singing it."

"God even as we were ready to go at each other's throats." Harper covered hers as though the past could reach out and grab it.

"So we sang that song at the beginning of the game every time after that. And Stacy surprised us all with the shirts. I think it was on Tyler's birthday."

She pointed at Flint. "Yes! Yes, it was his birthday, you're right. I forgot that. Do you remember what we renamed the game?"

"Of course." Flint chuckled and together they said, "*Fuck You, You Fucking Fucks.*"

Harper surprised him when she scooted closer and grabbed his arm while she laughed. Apparently, she surprised herself, too. She quickly pulled her hand back. "Those were some fun times. Some of the best in my life."

The woman who'd had the world on a golden platter, and *those* were her best memories? "I'm surprised, Harp."

She shrugged off his comment. "So, yeah, when Kyle called you Flint, I immediately thought of your 'Rock' t-shirt. I thought maybe there was a connection. Kinda dumb, huh?"

"Shit, not at all." Flint shook his head. "You know, it's funny. I never made that connection. You were always smarter than me."

Harper shrugged again. "No, not always," she whispered.

"Hey, Bird." His old nickname for her slipped right out like no time had passed. "You're gonna be okay. I just want

you to know that. We've got your back." *Not like the old days* he thought. *Back when we let you down. When* I *let you down.*

Harper's smile retreated. "I know. Kyle and Arden are the best. They've been so kind to me. And I just want you to know. Even though it is so weird seeing you again, and after how we left things, I trust you, Michael."

That squeezed his heart. Especially since he was still hiding his weakness from her.

"So, Michael… or should I call you Flint now?"

"No one calls me Michael anymore."

"Okay, Flint." Harper grinned. Every last trace of sadness had evaporated from her tone, replaced with curiosity. "How long have you been back in Colorado?"

"Just got here from California a couple weeks ago. San Diego."

"For the job or just needed a change of scenery?" Harper scooted farther away from the door toward the middle of the bench.

"Both, really. I just retired from the military." *And I didn't need the constant reminder of Coronado in my face to remind me what I've lost* he added silently. "Kyle offered me a job."

"And now you're a bodyguard?"

For today at least he thought. "Yeah, though I'll be moving into the computer department."

"Am I keeping you from it?" That unsure tone was back.

"Not at all." He briefly turned his head to give her a grin. "You're saving me from a boring meeting today. I'd much rather be outside."

The smile she gave back made his heart skip. "Oh, me too. So many meetings, sometimes I'd go into work in the dark and leave in the dark. I was starting to feel like a Morlock."

"Ha!" Flint laughed at the old movie monster reference. That was the other thing they'd love doing—sitting on the beat-up couch and marathoning old movies. They loved

monster movies the most. "You didn't work underground, did you?"

"Actually, the first lab I worked in was in the basement of one of the science buildings on campus. And then the school spun it off into its own company and my ex bought it. I finally got the funding to do the research I really wanted to do. Life-changing advances for some people. But he wanted to jack up the prices."

"What sort of advances?" Flint asked just to hear her excited voice again, which had faded like the sun behind a cloud when she mentioned James.

She perked up again. "Advances in understanding the brain and nervous system when it comes to things like seizures and dementia and interfacing with artificial limbs. We're close to—" She cut herself off. "It's not something I can talk a lot about. Proprietary info. Sorry."

How ironic. "You're talking to someone who lived and breathed classified for years, so I get it."

They were almost to her apartment. She sat up straighter in anticipation, worry creeping back over her face. As Flint took his hand off the wheel to flip on the turn signal, the tremor started up. He hoped she didn't notice it.

Yeah, if romance was ever in their future, it was definitely gone now.

Flint parked in the lot in front of Harper's apartment and killed the engine. He touched Harper's arm again, hating that his hand trembled as he did. Resenting how the rest of his body reacted as well—tightening with need, wanting something he couldn't have. "You're going to be okay," he told her. "We're gonna go in, you're gonna grab the essentials, and we'll get back on the road and get you to safety. I'll be with you the whole time."

"But seriously, there's no need. He's just messing with me.

I'll be fine staying here. I can Uber up to the ranch tomorrow."

Flint shook his head. "Just think of it as a free vacation for a few days." Not that Harper hadn't vacationed around the world in the most exotic places, he thought. He got out of the truck, went around it, and opened her door. He offered his hand to help her down and she took it. That brief contact was electric, like every touch of her hand. Too soon, she let go and they walked into the lobby side by side to the elevators. She hit the third-floor button and they rode up in silence.

A silence broken by Harper's gasp when the elevator doors opened and she saw the eviction notice on her door.

CHAPTER 6

"I don't understand," Harper said as she read—or tried to read because words just weren't making sense right now—the notice on her door. "I'm paid up."

"He's fucking with you, Harp." Michael stood next to her, practically vibrating with anger.

Harper took out her key and tried to open her door. "Shit, they changed the lock." God, this was humiliating.

"This is pure bullshit. If you were being evicted, you'd have to be served. There'd be a sheriff present."

"Are you sure?"

And there it was, that condescending look he used to give her that she hated. The one that said *oh, of course the rich girl doesn't know how the real world works.*

The elevator doors opened behind them and Harper's new building manager stepped out looking furious. Faster than she thought possible for such a big man, Michael moved between her and the man as Mr. Roberts stormed up to them.

"Who the hell are you?" Mr. Roberts looked up, his head barely coming to Michael's chin.

"My rent is paid up, Mr. Roberts. You can't evict me," Harper said, stepping back between the men. Michael's hand landed on her shoulder and pulled. He wanted her behind him, but there was no way she was going to let this pissant intimidate her. She used the brook-no-shit voice her mother had taught her. The one she herself used on Harper on a regular basis.

The little man sneered. "Bullshit. You're two months in arrears."

"I swear, I paid." She looked back at her door. "I have the receipts, but they're in my apartment. I can show you in my bank statements—"

"I don't have time for that," Mr. Roberts said. "Apartments here go fast, and I have a list of people wanting to move in and willing to pay a third more than what you're paying right now."

"I can pay you the difference today." She couldn't, not really, but there was a chance she still had a credit card that hadn't been maxed-out. It might be enough.

The manager smirked. "*And* the deposit fee? And next month's rent at the new rate?"

Flint got in his face. "You can't fucking do that. What about her lease contract?"

"Month-to-month, asshole, as of two months ago."

Flint turned to her for confirmation. Of course he doubted her—everyone did. "He's right. We all got a letter saying we'd be going month-to-month."

Mr. Roberts pointed his finger at her. "And you haven't paid since."

"I have!" She looked quickly between the manager and Michael. "I swear. Let me show you. Just let me in and give me a few minutes."

He put his hands on his hips. "At which point I'll have the

authorities here," he glanced at Michael, "to enforce the eviction."

Harper closed her eyes. This couldn't be happening. Of course this was happening.

She felt Michael's steadying touch on her arm. God, it felt good. "How long have you lived here, Harper?"

"Ever since I left James." She opened her eyes again to see the calculating look in his. He nodded to himself, then turned to the manager.

"Man, what's it going to take to postpone this at least? To let Ms. Marling into her apartment and keep her things in here until she can get this straightened out?" He reached into his pocket and pulled out his wallet, opened it, and took out an iconic black-and-gold credit card. Harper knew the limit on that thing was north of a hundred-grand. Her ex's card limit went to eight-hundred-thousand.

"Michael, I can't let you—"

He gave her arm a reassuring squeeze. "So what is it? Two thousand, five thousand? Including tip—I mean, processing fees—of course."

The manager's eyes had gone round when the card appeared. Now they practically gleamed. "Let's call it eight. Eight'll buy you seven days."

"Michael." She couldn't let him do this. She'd figure something out. Her bank would have the records. This was just straight-up extortion.

"Done. You got a credit card machine in your office I'm guessing?"

Mr. Roberts held up a hand. "Not so fast. Processing fees are a cash deal." He scratched his chin. "Now that I think on it, the whole deal's cash."

A nerve ticked in Flint's jaw. "Fine. Give me an hour to visit the ATM."

"There's one in the convenience store down the street. You got fifteen minutes or no deal."

"Michael," Harper tried again.

He smiled down at her. "Bird, it's nothing. Let me do this for you." He glared at the manager. "One hour. No way I'm withdrawing that amount of cash in a damn convenience store."

Mr. Roberts shrugged. "One hour. Not a minute more because I get forgetful and I also have a habit of changing my mind fast."

"One hour. Now let Ms. Marling into her apartment. She needs to grab a few things."

"Oh hell no. You think I'm stupid?" He folded his arms. "She goes in, gets the couple things she owns worth anything, and then the two of you ditch and leave me with an apartment full of crap I gotta get rid of. Cash first or no deal."

Harper went through a mental list of valuables. Her mother's necklace. Her grandmother's wedding ring. Her passport, social security card, birth certificate. All the paperwork from the divorce. She bit her lower lip. It could all be replaced with time, except for the jewelry.

"Don't even think it," Flint said, reading her as if no time had passed and they were in the middle of a game of Horse. "We're getting the money, then getting your apartment back." He got in the manager's face again. "If I find out one single thing has been touched in her apartment in the meantime, there will be hell to pay."

An ugly sneer crossed the manager's face. "Try it. Fifty-five minutes."

Michael placed his hand on the small of her back and guided Harper to the elevator. She felt light-headed and hot, ashamed, and embarrassed, but she wouldn't cry. Not in front of the manager and certainly not in front of him. Once they got

into the elevator, Michael's arm moved from her back to slip around her shoulders. He pulled her close and she wrapped her arm around his waist. The need to cry became stronger but for different reasons, brought on by feelings she couldn't articulate but that filled her down to her soul. Part of it was nostalgia, but only a small part. To have someone in her corner besides her work team at the lab, who had their own worries and concerns, made her feel seen and gave her a place to rest her fears.

Harper looked up into Michael's eyes to thank him and found herself wordless as he gazed back down at her with an intense heat. He'd never given her that look before, not even during their most passionate lovemaking. If he had, she might not have told him they were through. A look like that might have changed everything.

But that was a long time ago. So much had happened in between. She should shy away, but all it did now was make her want to get even closer to him. She shivered even as heat filled her core. Her panties were undoubtedly soaked.

The elevator doors opened, their gazes broke, and he led her to the truck. Harper's doubts crept back in. She shouldn't get him more involved than he already was. She'd handled James on her own for months and she was close to ending his twisted game. She couldn't let herself get distracted now, as much as her body was screaming to get reacquainted. *What if Michael thinks I'm using him? Or that I'm making this all up? Worse, what if James targets him?*

"I *did* pay my rent," she whispered as he helped her into her seat. "Please believe me."

He stopped and placed his hand on her cheek. "Harper, I do believe you."

"Why? Are you going to tell me you have a cousin or a friend who was abused, so you understand?"

"Thank God, no, I don't. I don't know if any woman close to me has ever been in an abusive relationship. I don't *need* to

directly know a woman who's been abused in order to believe you, Harper."

Wow. She did not expect that.

He went on. "Notice I said I don't know *if*. I *might* know someone, but she's never told me her story. Hell, chances are I do know a woman who's been abused in a relationship besides you and I don't realize it. And I get why. Just your reaction alone, your fear of not being believed after that pure bullshit upstairs says it all, doesn't it, why a woman may not want to talk about it? I can't imagine the amount of bravery it takes to speak up when you have no idea if you'll be believed or if you'll stay safe after doing it."

Harper couldn't help herself. She threw her arms around Michael and buried her face in that warm, magical spot between his shoulder and his neck. God, he smelled as good as she remembered, like a deep pine forest where she could always wander hidden and safe. She felt his arms encircle her and pull her in tighter. She let her body relax into his. It fit there, as if he'd been shaped just for her.

This is your ex-boyfriend. That nasty voice was back in her head, but it had a point. Harper pulled her face away from his neck. "This is probably so inappropriate of me."

Michael didn't let go. "Are *you* comfortable doing this?"

"Yes."

"Then I don't mind." He chuckled. "Even if it is a bit unorthodox since I'm your bodyguard."

Right. Just my bodyguard now. Nothing more. Never again.

He gave her one quick, tight squeeze before letting her go and looking her in the eyes again. "But, the clock is ticking. I want to go to your bank and see what's in your account." He held up a finger to stop her from saying anything. "Not because I don't believe you, but because I'm afraid James may have compromised your account. If that eviction notice *is* real, then something's happened to your payment history. I'll

use their ATM for the cash." He shook his head, a look of disbelief on his face. "Use a convenience store ATM to pull eight grand? Fuck me running."

He closed her door before she could respond and walked around the truck. When he got back in he reached across the bench and squeezed her hand. "We'll get to the bottom of this. Promise you."

And that's what Harper feared the most, even more than James. That Michael would get to the bottom of it—and let her twist once he discovered the truth of her situation.

CHAPTER 7

The day only got worse after they got to the bank.

"How can this be?" Harper stammered when the teller told her not only was her account empty, but it was overdrawn and she owed a couple hundred in fees.

Probably the first time she's ever heard that. The ungenerous thought popped into his head before Flint could stop it. Harper was not like the rest of her family. She was not cold and calculating, not stuck-up. She hadn't been then, and the woman standing beside him wasn't now. She didn't deserve his unearned scorn.

Harper fumbled through her purse. "Can you take a credit card for the fees?"

"Harp, let me." Flint grabbed his wallet and pulled out two hundred-dollar bills from the stack he'd gotten from the ATM. He passed them to the teller. Under any other circumstances, he would have told Harper just to close the account, but he didn't want to tip off Hargrave, who was probably still monitoring it to keep tabs on Harper.

"Thank you, she whispered. "I'll pay you back."

"We'll talk about it later, Harp." He nodded to the teller and put his arm around Harper, then escorted her to his truck. He let her in, and they headed back to her apartment. If they could just bribe their way in and grab her things, then get back to Watchdog, he could tuck her away safe and sound while he figured this out. Her ex had obviously hacked his way in and drained her accounts. If he or whoever he hired left a trail, they'd have him dead to rights. And with Tex Keegan there, they'd uncover even the smallest misstep.

"I am so embarrassed and ashamed." Harper wrung her hands in her lap.

"Nothing to be ashamed of, Bird. Do not let this asshole make you feel that way."

"You probably think I'm completely naïve and deserve this."

Thank God they were turning into her apartment parking lot or Flint would have pulled over and parked at the side of the road to set her straight. He found a spot and cut the engine.

"Look at me, Bird."

Harper's deep brown eyes met his. Jesus, she hadn't aged a day. Gorgeous as ever. He could get lost for days in those dark eyes.

"Arden's the therapist, not me, but I can tell that you still have that asshole talking to you in your head, telling you aren't worth shit. That voice lies to you."

"I know. But, it's hard to explain to someone who's never gone through a relationship like mine. It doesn't happen overnight. When I met James, he treated me so well. He respected me, or at least I thought so. He listened. He looked at me like I mattered. He told me that I was the most amazing person he'd ever met and how important I was to the lab. Then after a while, he told me how important I was

to him. I worked with friends who told me to be careful. But I didn't believe them until it was too late. They've been kind enough to never point out what they told me. Because they know how stupid I feel as it is."

"Don't do that to yourself," Michael said.

"I know. I'm working on it. And then there are days like this." Harper looked out the windshield. "Everything is just a process. And it's such hard work. I'm trying to regain my sense of self after it's been completely obliterated. Because the abuse didn't just start suddenly. It was subtle. The way that he would contradict me in front of other people even when we both knew that I was right. When I would call him on it, at first he would say *oh, you're wrong, that's not the way I meant to come across at all.* And then he'd turn around and double-down on what he said, or try and twist my words around until I doubted myself, my reality. It wasn't just that, it was... other things."

Flint leaned closer. He knew what she was getting at. "Like what? There's nothing he could have said about your appearance. Not as long as you own a mirror."

Harper smiled. "That's very kind. Thank you."

Kind? Was she serious? Was she blind?

"He would say little things like *did that dress shrink when you washed it?*"

"Implying what?" Though he knew exactly what James was implying.

"*You* know. And then I would have to explain that, no, it wasn't that the dress went through the wash cycle on hot. He would raise his eyebrows as if he'd just made a mistake. But without apologizing, without saying anything. We would just continue on in silence, with this cloud of shame hanging over me."

She studied her hands in her lap. "He didn't do it often

enough for me to establish a pattern right away. And he would change his tactics. One day he would be so warm and wonderful, the man who convinced me to marry him. And then he would be indifferent to me. Like I didn't exist. I'd wonder what I had done to make him angry. And if I confronted him on it, there was always an excuse." She sighed.

"And then there were the days where he was downright awful. They got worse as our marriage progressed. But by then, I was blaming myself for so many things. For everything really."

"That stops now, Harp." *Oh, to hell with it.* He grabbed her hand. Mercifully, he reached it before the tremor started. *Her hand is so cold* he thought. *She's really nervous.* "I gotta say, you are even more amazing now than you were back then."

She caught his gaze and he couldn't help but see the blush filling in her cheeks. "You're the one who's gotten more amazing, Mich…Flint." She grinned when she caught herself. "Look at you. You became a SEAL."

Wait. "How did you know that? I don't remember Kyle mentioning it."

Her blush only deepened. "I…I looked you up once. Online."

Flint didn't know how to feel about that. Did she look him up because she'd missed him, or because she was worried that he might have done something stupid? Like maybe he drank himself to death?

Stop it, Flint. Who has the ugly voice in their head now?

"I was so proud of you when I saw your name and what you'd done. I always saw that man in you. Even if it didn't seem like I did." Harper laughed nervously and looked away and that damn near split his heart open.

She looked back at the apartment building. "Guess we

should get my stuff." She took her hand out of his and rubbed her arms.

"I promise, you're safe with me."

"Isn't that what the hero always says, right before the monster jumps out?" But there was the tiniest of smiles playing on her lips and she squeezed his fingers.

"Then it's a good thing we know the way these movies go, isn't it? We'll be ready." Harper rewarded him with a beaming smile. He went around the truck, opened her door, and helped her down. Harper didn't let go this time, but held his hand all the way through the lobby to the manager's office. The little asshole was there with the new key which he turned over after Flint paid him. Flint could swear the key was lightly coated in slime.

"A pleasure," Roberts said before locking the door behind them when they left. *Coward.*

Harper took Flint's hand again during the elevator ride as if the last ten years apart had evaporated. He couldn't decide if that made it better or worse when the elevator doors opened onto complete chaos.

Goddamnit. The hallway was strewn with belongings—lamps, chairs, clothing—all tossed around like a tornado had hit the building. *I don't need to be a fucking genius to know this is Harper's stuff.* Sure enough, Harper's apartment door was wide open and even as they watched, someone threw out a stack of paperbacks.

"Oh my God," she whispered as she squeezed his hand.

Flint looked to his right where the hallway turned a corner. "Get around that corner and wait there," Flint said.

"No, I—"

"Now," he growled. He let go of her hand and she dashed down the hall. He pulled his Sig from its shoulder holster. Flint stepped silently through her scattered things until he got to the door. He laid himself flat against the wall to the

side. Two men's voices laughing in the apartment told him he was dealing with amateurs, thugs at best. He waited until he heard one of them grunt with effort—they must have picked up something heavy, a couch or loveseat maybe—which meant they couldn't draw a weapon quickly. He pivoted and filled the doorway.

"What the fuck are you two assholes doing?"

Flint was right. Two men in coveralls carried a loveseat between them, positioned to carry it out the door. The man facing him contorted his features into a snarl until he caught sight of Flint's piece, at which point his eyes rounded like startled prey.

"Fuck, man," he said as he adjusted his obnoxious orange cap. His buddy looked over his shoulder and came to the same assessment. Good, at least they weren't completely stupid. They dropped the couch and the guy facing Flint put up his hands. The second asshole turned and did the same, then he scratched at his scraggly chin beard.

"Let me repeat myself. What the fuck are you assholes doing?"

"Eviction," Orange Cap said. He dropped his hands. "I guess the bitch is behind on her rent."

"So, what? You're just gonna toss her shit out?"

"That was the plan."

Flint narrowed his eyes. "That's bullshit. There's no sheriff and we just paid her rent. Who sent you?"

Scraggly Beard looked over his shoulder at his friend. The look they shared said *What do we tell him?*

Eviction, my ass.

Scraggly Beard finally found his voice. "You own this apartment?"

"No, but I represent the woman who does. Her ex send you?" Flint stepped into the apartment which was in worse shape than the hall. Yup, by the look of it, these two asswipes

had tossed the place first. At best they were petty thieves taking advantage of an eviction job to find any stray cash or jewelry. Not likely though. At the word ex, they both straightened up. Flint had his answer.

Orange Cap nodded at Flint's Sig. "You got a license to carry that?"

"Fuck yeah, I do," Flint countered. "And to use it."

Another look passed between them. Flint kicked the door closed behind him. They jumped back. "Gentlemen. I don't have time or patience for this shit." He pointed the gun between them. "Did you find it?" he bluffed. "Empty your fucking pockets."

"Find what?" Orange Cap said. Sweat beaded on Scraggly's forehead.

"Don't fuck with me." Flint stretched his other hand out hoping they didn't note the shaking at the end. *Fuck.* "Turn that shit over now." He dropped his hand.

Another look between them.

"Now!" Flint bellowed. He didn't need them thinking they could rush him. These guys were assholes, but they were small-fish assholes, not worth shooting. At least until Flint got what he wanted.

"Eviction notice is right there," Scraggly said, pointing to the door.

Flint gave him a chin lift. "I don't give a shit about that. Give me whatever the hell is in your pockets."

Scraggly fumbled around in his pockets while Orange Cap did the same. Whatever they had was small, probably her jewelry—anything to fuck with her, he imagined. Flint stepped toward them and reached out again, this time not stretching his hand out as far. No tremor.

They dropped three thumb drives onto Flint's palm.

What the hell's this? He quickly pocketed them. "That's what I thought. Now, you asslickers are gonna go tell James

Hargrave that he can go fuck himself. Ms. Marling will not stand for this fucking bullshit and neither will her friends. First, though, you're gonna bring Ms. Marling's things back into her damn apartment."

"There's an eviction—"

"I don't fucking care. Matter of fact, I don't fucking believe it." Flint opened the door and ripped the paper off it without looking at it. He mockingly gestured for them to leave. "Chop, chop. Get all that back in here."

He glanced toward the end of the hall and saw Harper peek around the corner. He held up a hand for her to stay there and she disappeared again.

"Move it," he said, toeing Orange Cap's hip as the asshole bent to pick up a lamp.

"Just doing a job," Scraggly mumbled. "It's in the paperwork."

"And stealing a woman's property," Flint said. He shoved the thumb drives in his pocket. He had a decision to make, and it wasn't a good one. Tell Harper about the theft, or play dumb and turn the drives over to Kyle.

James Hargrave was on Watchdog's list, and if Harper was hiding something important, Flint's duty was clear—Kyle and Tex needed to know what was on these drives. But Harper had already been used by a man she trusted. If he didn't tell her, he'd lose her trust and so would Watchdog. So maybe there wasn't a decision to make after all.

After the two numbnuts finished doing a shit job of putting Harper's things back into her apartment, Flint let them go. But not before he'd taken pictures of both of them to reference later. Harper waited out of sight the whole time. Once the jackasses had left, he put away the Sig and went to get her but she was already standing in the apartment doorway. She gave him the softest smile, but her eyes were sharp. Did she know they weren't just there to evict her but were

looking for something? Maybe some of that proprietary information she'd mentioned. Flint had no choice. He reached into his pocket and pulled out the thumb drives. She stared at them lying in his palm, her face expressionless.

"I guess we need to talk," she said.

CHAPTER 8

Goddammit. Kyle did not like the text he got from Flint:

Something's come up. Harper and I are gonna be late getting back.

He texted back:

What's going on? Do I need to send someone?

His phone pinged a moment later:

Nope.

And that was it.

God fucking dammit.

After Tex and Melody stowed their luggage in one of the guest bedrooms, Kyle and Tex left the ranch for Watchdog Protectors' main office, Kyle waiting for word from his buddy. He thought he would start the tour there and end with the computer lab to give Flint enough time to return with Harper so he could meet with Tex. Flint had never let Kyle down—as a matter of fact, if it hadn't been for him, Kyle and Arden would never have met. So when he decided to up and leave before Tex got there Kyle couldn't help but feel annoyed, even if Flint's heart was in the right place.

But now this text saying that he and Harper would be

returning later than expected without an explanation set him on edge. Flint knew better than to handle a bad situation alone, but he also knew this meeting with Tex was important. *So what the hell?*

Nothing to do but wait, and Kyle wasn't the most patient of guys.

Kyle and Tex had moved on from the main office to the kennels when Kyle got the text. They stood by the waist-high fence surrounding the K9 obstacle course and training field and watched the kennel master, Alex Hoff, do his thing. He was working with a group of three police officers and their dogs, showing the two men and one woman how to look for subtle cues from their four-legged partners that told them when the dogs were bored or ready to move on to the next level.

"Do not be surprised to learn that your dog is smarter than you are," Alex said. "Also, don't be insulted, because it happens to the best of us—except to me, of course. Right, Mac?" He signaled to his dog, a Malinois who'd retired from the Marines. Mac tilted his head, yawned, and rolled onto his back, the picture of long-suffering doggy boredom. Tex and the officers laughed at the dog's tricks.

Tex slapped Kyle's back good-naturedly. "I like your team, Kyle. You've done good picking them."

"Thanks, sir. I've served with a few of them, hiring 'em as they retire. One man served as a SWCC and I'm actively recruiting the rest of his team. Others come on recommendation from Gina. Mostly her friends from the alphabet agencies."

Tex nodded. "Gina knows how to pick 'em."

"Affirmative. They fit right in with my team."

Tex smiled. "That's the biggest thing you want. You're gonna find that you need your people to be tight as family.

The rest can be taught." He grunted and rubbed his leg above his prothesis.

Kyle silently berated himself. He'd suggested they walk from the office to the K9 division, not thinking that Tex's prothesis might trouble him. Though not too far, the walk was uphill and not on the smoothest road. "Sorry, sir, I should have thought about your leg."

Tex waved him off. "First, enough with the 'sir' okay, Pup? Second, it's my own damn fault. I was in a hurry to catch that flight today and didn't seat it quite right. Shoulda taken care of that before we left the ranch. I'll be fine, don't mind my bellyaching. I need the exercise." He turned his attention back to Alex and the dogs. "Your man there is good."

"The best. He was *my* instructor back in the day." Kyle couldn't help the sigh.

"You miss working with the dogs, don'cha, Pup?"

"I'd be lying if I said I didn't. But I still get out here every day to check and help out. I'll still do that even when my new hire starts tomorrow." *If she ever gets back here* Kyle thought.

"Good. Even though you're in charge, you've still got his back."

"Alex always had my back," Kyle said. "Same with Flint, who you'll meet later. Back when we were SEALs, he saw how our team disintegrated without good leadership. We were always loyal to each other, but it made our jobs impossible when we had a bad leader." Kyle let out a breath. "I just hope I can be a good leader."

Tex nodded again. "A true leader has his moments of doubt, Kyle. If he didn't he'd be as bad as that blustering asshole who fucked up your team. I've known Gina and Lachlan for a long time. They're both good judges of character. They wouldn't have tapped you for this if they didn't believe in you. Like I said, the important thing is y'all got each other's backs. You got trust. A good leader listens to his

people, gets down in the trenches with them, and earns their trust. From what I've seen so far today, you got that in spades."

Kyle gave him a chin lift. "Thanks, Tex. Appreciate it." He glanced at his phone, already knowing that Flint hadn't checked in yet.

"You're worried about your man." Tex folded his arms.

Kyle nodded. "Said they were gonna be late coming back. I asked if he needed back-up and he replied in the negative."

"You don't trust his assessment of the situation?"

Kyle let out a hard breath through his nose. "It's just that as much as I trust him—and I do, with my life—I can't help but feel he's been hiding something from me. He's not the same guy he was on the team. The one to run ahead of the rest of us into danger. Coulda knocked me over with a feather when he said he wanted a computer job."

"But today he's being a bodyguard?"

Kyle gave Tex a thin-lipped smile. "Right. Now he's acting as expected. Thing is, he and Harper have some history."

Tex raised his eyebrows. "You think he's trying to impress her?"

Kyle gave a quick tilt of his head. "Wouldn't be the first time a man tried to impress an old girlfriend."

"No, it would not. Seen it a time or two myself." Tex grinned.

"But he's usually not like that. In all the time I've known him, he's never had a serious woman. Wouldn't surprise me if their history's a little more serious than he's letting on."

Tex looked out over the field to the mountains in the distance. "Tell you what. Let's head back to the office and take your SUV back up to the ranch. I promised my lady I wouldn't spend the entire time working. We'll wait for Flint there. I'll keep an eye on him when we're going over Harper's

case and then in the computer lab. See if I can suss out anything."

"I appreciate that, sir. Tex." Kyle grinned.

"That's more like it, Pup."

When they got to the office parking lot, Kyle was relieved to see a cloud of dust rising up from the road and Flint's truck coming around a curve. "Looks like Melody is going to have to wait a little longer for her vacation time. That's Flint and Harper now." Kyle waved them down and Flint parked next to his truck. *Oh, shit. He looks royally pissed.* Flint got out and started around to the other side to open Harper's door.

Kyle tagged his arm and stopped him. "What's the situation, brother?"

Flint looked from Kyle to Tex. He nodded at Tex and offered his hand. "Sir, it's an honor to meet you. My apologies for being late."

Tex shook Flint's hand. "Kyle's dropped a name and I understand we have a puzzle to solve."

"A big puzzle and I'd like to get to it right away, but first I've gotta get Harper settled. Her place got ransacked and so did her bank account." He licked his lips, and if Kyle hadn't played Poker with him as often as they had, he wouldn't have known the tell for what it was—Flint was definitely hiding something and it made him fucking uncomfortable.

Kyle couldn't help it. He looked through the truck window at Harper. She sat ramrod straight, staring through the windshield at nothing. He'd seen that look countless times before on the faces of people who'd lost everything and were fleeing for their lives. Yeah, they needed to get her settled fast before she shut down. And then Flint was going to spill his guts, dammit.

"Let's all of us head back to the ranch," Kyle said. "Arden and Melody are there and they'll fold her in while we tackle

this problem. I've got the keys to the safehouse and you can take her over there later tonight."

"Thanks, brother." Yup, by the tone of Flint's voice, he was feeling this one.

Flint went ahead to tell Harper the new plan while Tex and Kyle got into his SUV.

"That woman's seen a ghost." Tex rubbed at his leg.

"Well, she's getting ghost texts at least." Kyle had filled Tex in on what he knew.

"That'll be the first thing we look at now that she's back."

When they got to the ranch, Arden and Melody were sitting on the back deck admiring the late-afternoon view. Camo and Baby were curled up at their feet.

As soon as they saw Harper both women stood up. "Harper, come have a seat," Arden said. "This is Melody, Tex's wife." Arden shot Kyle a look and he nodded grimly. She nodded back and he knew she'd extend her wing and shelter one more stray in spite of any danger. God, her heart was boundless.

"Pleased to meet you," Harper said to Melody. Her smile was in place, her voice steady and pleasant, but the hand she offered trembled. Melody took her hand in both of hers.

"Harper, I wish we could have met under happier circumstances," Melody said. "But I want you to know that Tex, Kyle, and Flint are going to do everything they can to right your world again. You can't imagine what they've done for us."

Harper nodded. "I know they will. I already know some of Arden's story."

Arden put her arm around Harper's shoulders. "Your horse was actually here for it, wasn't he? Poor Ripple. Let's get you a glass of wine and you can fill us in on your day. Or, we can just sit here and admire the scenery, whatever you need."

They walked her to one of the deck chairs. Arden poured her a glass of cold white wine and Harper thanked her. The dogs settled at Harper's feet and she immediately smiled and spoke to both of them, a natural with animals.

Flint approached Harper now that she was settled. The big man moved with surprising grace. He knelt beside Harper's chair. "Harp, we need your phone, okay?" He'd gentled his voice as he laid his hand on her shoulder.

She smiled at him as she reached for her purse. "Of course, Flint." He grinned at the nickname. Well, whatever bad blood had still been between them on the front porch that morning seemed to be fading. But unease settled in Kyle's stomach. Was Flint too close to this case to be working on it? Should he call him off?

When Flint turned back to Tex and Kyle, his look of determination told Kyle that now was not the time.

Flint handed the phone to Tex. "We need to start here. We also need to look into Harper's bank account. It was drained dry. The question isn't who did it but if we can track it back to him."

Kyle turned to Tex. "How's the leg, sir? Do you need to tend it?"

Tex waved him off. "I'll be fine. This here's the priority." He tapped the phone.

"Let's head to the computer lab," Kyle said. "Ladies," he tipped an imaginary hat, "we'll be back in an hour."

"Make it two and dinner will be ready," Arden said. "We'll catch up with each other in the meantime."

And by that, Kyle knew Arden would have Harper feeling human again. And, maybe she'd get a little more information out of her. This whole thing stank to high heaven, and Kyle couldn't figure out why.

CHAPTER 9

Flint leaned back in the ergonomic chair. Harper's bank account info was on the screen in front of him and Tex. For the past forty-five minutes, they'd been going over how it was hacked and where the money went. *And what a ride* Flint thought. James Hargrave was becoming more of a threat by the minute.

"You seem proud of yourselves," Kyle said as he looked between Flint and Tex. "But what would I know? You might as well have been speaking Martian as far as I'm concerned."

"All in a day's work," Tex said, shrugging. *As if he wasn't one of the greats.* Flint probably learned more mojo in the past half-hour than he'd picked up in the decade since studying computer science in college.

"So, you know how it was done?" Kyle asked.

"Yup," Tex said. "And all signs point back to the Healthcare Bro. He's got his path routed through so much shit it's unreal. The only way we found her money this quickly was because we already knew which direction to look. It's parked in a shell company's account."

"God, you shoulda seen her face at the bank," Flint said.

"She was convinced it was a mistake, that she'd paid her rent —and she had—but the records were gone and so was all her money. The asshole even overdrew her so she'd have fees, just to add insult to injury."

"He's a complete prick, that's for sure," Kyle said. "The way he jacked up prices after he bought that medical company. Every time I saw his photo online I wanted to punch him, and that was before this."

Flint grinned. "He's in your 'Sockable Face Club'?"

Kyle grinned back. "Affirmative."

Flint looked at the screen. Hargrave had transferred thirty-two thousand dollars from various accounts using Harper's name over the past two years, which meant this had started long before she asked for a divorce. *Blackmail? A way to frame her? God only knows.* The last transfer from her current bank account which she'd opened after she left him was just over three-thousand—every penny she had minus a few dollars in her wallet.

"You gonna put the money back in her account?" Kyle asked.

"No," Tex and Flint both answered.

Tex added, "We don't want to tip him off. We got what we needed though, in that the money is in an account tied to a shell company owned by Hargrave. Thing is, Harper's name is on the company too, though I bet if you asked her, she'd have no idea it even existed. If she claimed the money was stolen, all Hargrave would have to do is accuse her of lying and putting the money there herself. Sneaky son of a bitch."

"So this started long before the divorce," Flint said. He'd been so intent on learning from Tex that he didn't realize how stiff he'd gotten from sitting there in the meantime. He stretched and cracked his back. "It's been hell on her, she told me."

"Why drain her bank account now, though?" Kyle

wondered aloud. "He's nearly a year to fuck with her, to take all her money, why wait until now?"

"To torture her? Draw out the misery?" Tex asked.

Flint forced a hard breath through his nose. God, he didn't want to do this, to cast any shadow of suspicion on Harper. But on the drive back to the ranch after their talk in the hall, she'd gotten cagey whenever he tried to ask her the same question. So she gave him no choice. He reached into his pocket. "The guys doing the so-called eviction tried to take these." He opened his palm and showed them the three red thumb drives. "I shook them down but they weren't talking. I have their photos and it'll be easy enough to ID them if we need to follow up, but maybe we can get what we want from these."

Kyle's face had suspicion written all over it. *This is getting uglier by the minute*. "You show her those?" he asked.

Flint nodded. "I asked her what they were. She said they're full of scrapped code and she didn't know why they would've taken them."

"Code for what?" Tex asked. He leaned forward, the picture of concerned curiosity.

"She said they were from some of her projects at the lab. She's in medical R and D, or was, until James got rid of her. He owns the company. Brainwave Biodynamics. This is some code and graphics and shit she said she brought home to work on last year and that they'd since rewritten it. It's scrap."

Tex took one of the drives and plugged it in. After he and Flint poked around for a while, they put in the second, then the third.

"Yeah, there's nothing hidden in here," Tex said, confirming that Harper told the truth.

Flint let out a breath he didn't realize he'd been holding. He had no idea what he would've done if they'd found...

what? Harper didn't have a nefarious bone in her body. Whenever they played Horse she never cheated, even though it was practically expected, especially after a few drinks. When one of her grad school classes got caught stealing a professor's test, she was one of the few who hadn't taken a peek. She'd been clueless because her classmates figured she'd snitch so they kept her out of the loop. And they'd probably been right.

So what were those assholes looking for?

Flint closed his eyes and pictured the question like it was a series of puzzle pieces. He'd always been able to visualize abstract things like that. On the first puzzle piece, he pictured Harper's face unhappy in her marriage. She'd said it had deteriorated over time...but what was it that made her finally leave? That piece was blank. The next pieces were her phone, her car, the eviction notice, and her bank account. James was harassing the hell out of her all of a sudden. The next piece was the three thumb drives. No, if he were honest, the next piece was his nagging feeling that she was hiding something. *But what?* The thugs left all her important things —jewelry, some cash, her papers—but went for those drives.

He opened his eyes and reached for the thumb drive to pull it out. Flint's hand trembled as he grabbed it. He took just a moment too long before pulling back. *Did they notice?*

"Have you got her phone, Flint?" Tex asked.

"Yeah. Lemme get it." *As soon as I get my hand under control.* He pulled out Harper's phone, powered it up, and handed it to Tex. Mercifully, the tremor had subsided. It didn't look like Tex had noticed. Chalk one up to luck.

Tex poised his finger over the screen. "Passcode?"

"Oh, shit. I never asked her."

Tex powered the phone back down. "First thing I wanna do is disable the mic and camera, but I need the passcode."

Kyle pulled out his phone. "I can call Arden and she can ask Harper."

"Thanks. If you give me Arden's number, I'll just call her." Flint dialed the number Kyle gave him.

"Hello?" she answered tentatively.

"Arden, hi, it's Flint. Hey, I need to talk to Harper for a sec."

"Oh, hi, Flint. Didn't recognize the number, sorry. Let me put her on." After a moment, Harper came on the line.

"Flint? Hi. Is everything okay?" If Arden sounded tentative, Harper sounded downright nervous. *Of course she does. Who wouldn't?*

"Yeah, it's what we thought. James siphoned the money out of your account and put it into another one."

"Oh," she gasped. "So I'm not crazy?"

"Harp, you're the sanest person I know."

She laughed. "Then you must know some loons. Good, so you can put the money back in so I can pay my bills." Her voice sounded so relieved.

He was about to tell her no, but he didn't want to ruin the little bit of relief she had. "Yeah, Harp, we'll take care of it." *Just not yet* he added silently. If he needed to, he'd pay her bills from his own account. "Hey, I need the passcode to your phone."

She paused. "The passcode?" All the relief evaporated. *Shit.*

"Yeah. We want to see how the hell James makes the texts vanish. Tex thinks it must be some malware installed on your phone that set up a back door. But I forgot to ask you the passcode."

"Um, sure, it's six five one four."

"Six five one four. Got it." Why did she sound nervous? Dammit, was she afraid of them snooping? "We're not gonna

look at any photos or anything like that, just run a scan for viruses and look at some source code."

"Right, no worries. Thanks." And that relief was back.

"We shouldn't be too much longer, Harp. You making friends?"

"Yes. Melody is a sweetheart."

Good. See you in a bit."

Flint told Tex the passcode and he punched it in. Flint couldn't help but think about the numbers. Most people used their birthday or an old street address, but neither matched up with Harper's number. He wondered if she picked it randomly or if it held a significance he wasn't seeing. He put that little puzzle on a back burner as Tex disabled the mic and camera and hooked the phone up to a dedicated computer for a virus scan. After a few minutes, the scan came up empty.

"No viruses, no malware," Tex confirmed. "Let's see if there's a bad app." He opened the phone again. "She got a couple more texts in the past hour. I'm gonna let them sit while we look for a bad app in case they're set to automatically disappear after she opens her texts. In the meantime," he typed on the computer and a display of the phone popped up on the screen, "let's look for a funky app."

Flint and Kyle watched as Tex scrolled through. Harper didn't have many apps beyond the factory-installed ones that ran the phone. She had her email app, one for IM, one for texting, which looked legitimate. Apps for a couple of social media sites, a coffeeshop chain for online orders, and one that found empty parking spaces in Denver.

"Okay, let's open those texts." Tex tapped on the phone screen and a text chain popped up on the computer screen. As Flint read the messages, his blood boiled. Judging by the swearing coming from Kyle and Tex, theirs was too:

I see Arden gave you a ride to town. Empty bank account,

Harpy? What a shame. There's a homeless camp along I-25. Killing yourself is faster though.

Then later after Flint and Harper got back to the ranch:

Arden letting you stay with her, Harpy? You're wandering around up by the ranch so you must be riding your horse. Hope it doesn't die like your car did.

"Motherfucking son of a bitch," Kyle growled. "He's targeting my fiancée too. She's been through enough already."

"Easy, son." Tex clapped his hand on Kyle's shoulder. "She's safe and you know it. He'd have to have an army to get up that hill past the main office. An invisible army. A squirrel can't steal a nut without ending up on a camera, you saw to that."

Kyle took a deep breath, held it, and let it out. "Yeah, you're right."

Flint nodded. "He's got no interest in Arden beyond letting Harper know he knows exactly where she is. Still shitty and pisses me off too, brother."

While they watched the screen, the texts disappeared.

"Fuck, did you see that?" Kyle asked.

"Yup," Tex answered. "Let's see what the computer picked up."

Flint leaned in to watch while Tex talked him through the code. This was some good voodoo.

But not good enough. "Son of a bitch," Tex said, pushing his chair back. "Y'all are seeing history. I am stumped."

"That's impossible," Flint said. "Your program is epic. It should have picked up on something, some software…" Flint stopped. He remembered Harper's car, how she'd covered the radio screen when he came to the window. The light shining through her fingers and then gone. "It's not software."

"What do you mean, son?"

Could this be right? "Did you see the Honda parked at the ranch?"

Tex nodded. "Kyle here told me it was Harper's, that it up and died and Hargrave sent a text right after."

"Yeah, he did. But I think he somehow sent a message to Harper while she was in the car. And that it showed up on the radio screen. She was blocking it when I looked in on her, like she didn't want me to see."

"Why would she hide it?" Tex asked.

"You don't know Harper. She's...she was raised to never break a sweat. To be perfect. She'd bleed out from a gunshot wound before she'd let anyone know she was wounded and then die apologizing for the mess. If James hadn't struck when he did, we'd still have no idea she was in any danger."

Tex nodded. "A debutante. Got it."

Flint felt his defenses go up. "She's not like that though, not shallow or bitchy. Just raised to be."

"Down, boy," Tex chuckled. "Didn't mean any offense toward your woman."

"She's not my woman, we're just old friends." Flint shook his head like he could shake off this conversation. "Back to the car. I think he's using the same technology on the car as he is on her phone. He's using microchips."

Tex's grin spread ear to ear. "Now that is a thought." He picked up Harper's phone. "I don't have the tools here, and I'd like to be able to look into her car, too. Let's say we call it a day and look at both tomorrow, with the lady's permission, of course." He stretched. "Not to mention I did promise my bride some Colorado vacation time, and I'm missing her face right now."

CHAPTER 10

Harper sipped her wine and gazed out at the mountains, feeling a little safer if not calmer as she sat with Arden and Melody on the back deck, but her mind kept returning to her conversation with Michael after he found the thumb drives.

Well, that didn't take long Harper had thought as she'd looked down at Michael's palm holding the drives. *James knows what I'm up to.* But should she tell Michael? The drives he'd held in his hand were decoys. She could play dumb, pretend that they were important, even let him keep them. They were full of good but scrapped code for some medical software her former company designed. They were encrypted and would have bought her some time while James tried to crack them.

The important thumb drive never left her bra. It sat over her heart like a promise.

"You okay, Harper?" Arden asked. She and Melody were doing their best to encourage her while Michael, Kyle, and Tex were off working in the computer lab. The dogs helped too, but of course a good dog could brighten anyone's day. Harper immediately fell in love with Baby, but who wouldn't

after hearing how the dog had lost one of her legs protecting her loved ones?

"I'm better now, thank you." She held up her glass and smiled. "This certainly helps." What had her worried now was Michael knowing her passcode. Would he figure out its significance? And then what? How could she explain and what would he think of her?

"Arden says she recently hired you to help around the ranch," Melody said as she watched Harper stroke Baby's floppy ears. "I can see why. You're really good with Baby. She's usually reserved with strangers."

"Really?" Harper looked up at Melody. "I would have never guessed. She came right up to me."

"Do you work with animals a lot?" Melody nibbled on a bite of cheese from the snack-covered board Arden set on a table between them.

"Professionally? I've only worked with the two-legged variety. I worked in research and development for a lab that used to be associated with the university until it was spun off from the medical science department and then bought out." *And that's when my troubles really began.*

"So you worked for a medical company?" Melody asked.

"Yes. Brainwave Biodynamics. But I lost my job when I decided to leave James. I guess that happens when your ex owns the company you work for and then blackballs you in the medical community."

Melody covered her heart. "He can't do that, just fire you without cause."

Harper swallowed hard. She'd kept so many secrets for so long, it was almost impossible to spill now, to convince herself that she'd be believed. "You're right, he can't. He didn't fire me. I ended up leaving."

"Honey, did he harass you out of there?" Melody's eyes filled with anger.

"Worse." She took a sip of her wine. "He accused me of embezzling. He took me aside one day and asked what the hell was going on. He showed me a spreadsheet, told me that it looked like I was siphoning off money and that it had been going on for years. I denied it because it isn't true, I swear."

Arden leaned forward. "We believe you."

"I don't do the books or get into the financial part of the company, I didn't…." She trailed off as the shameful voices in her head, the voices of her parents, of James, told her she was too stupid to be alive. "I'm a science nerd. I headed up the labs. I wasn't interested in that part of the company. James took care of it and I kept tinkering."

"So what happened?" Melody asked.

"I denied embezzling and he refused to believe me. He accused me of being jealous of him, of stealing the money to sabotage him, that I'd been planning for years to leave just so I could break his heart."

"What a freak," Arden said. Her gray eyes flashed with anger.

"He told me that because he still loved me, he'd let me resign quietly and he'd take care of it. Otherwise, he had no choice but to turn me in to the authorities."

Melody covered her mouth. "Girl, you have walked through hell and that man is the devil."

Harper took some deep breaths to calm herself. She couldn't believe she was telling a casual friend and a relative stranger her story. What if they were only playing along, pretending to believe her? Her story sounded crazy once she said it out loud. How could they do anything but doubt her?

"Harper." Arden's steady voice cut through her claustrophobic thoughts. "I'm not a mind reader, but I've seen that look on my clients' faces so many times." She reached out and held Harper's hand. "What he's been doing is gaslighting you. That's not love, that's torture—death by a thousand tiny

cuts, each one severing another little connection to reality. And the reality is that Melody and I believe you." Arden glanced at Melody, who nodded enthusiastically.

"Yes," Melody said. "Tex and I met because I had a stalker. I was so afraid, so threatened, that I went underground. I couldn't tell anyone for fear my friends would get hurt. Even Baby's life was in danger. I was afraid to tell anyone, Harper, mostly because I didn't want to endanger anyone, but I also had my doubts that I'd be believed. When I disappeared, Tex came and found me. He believed me, but more than that, he believed *in* me." She smiled wide. "I don't think Arden and I are the only ones who believe you. I think Flint believes in you, too."

Harper smiled back while she quietly withered inside. Thank God her mother had taught her how to hide her deepest feelings. Michael couldn't possibly trust her, but Melody wouldn't know that. *And I don't even know if I can trust him.* Though in just the short amount of time she'd spent with him today, he seemed beyond trustworthy.

She'd known for a while from looking him up online that he'd become the man she'd once wanted him to be. The man she'd wanted to spend the rest of her life with ten years ago. But she'd known she couldn't because he was just a fantasy she'd spun out of the real Michael and her idealized version of the man. The version who would never let her down, never push her away. The confident one who was comfortable in his own skin.

Now he seemed like that man, not just on paper, but in real life.

"We're old friends," Harper said. *As if that covers it. As if that even scratches the surface.* "We used to live in the same house with some other people during grad school. We all got along really well." *Yes, until we didn't* she thought. "It was such a shock to see him today, but really, it's been so long since

we've seen each other, so many things we've done with our lives, it's like meeting someone new. I'm sure he feels the same way."

"Not by that look in his eye," Arden said, her own gray eyes shining. "Harper, it's obvious that if he didn't carry a torch for you then, he's eager to light a fire now."

Harper laughed and covered her throat. "I don't think that's true. I think he's just doing his job. He does work for a company that offers bodyguard services."

"Yes, but that's not his job technically. He's Kyle's main computer guy."

Which is interesting. Michael had majored in computers in college. He went to grad school for it hoping to get in with one of the start-ups that later became enormous. But everything crashed down before he could finish and he ran from that dream. Was he really going back to it? A little spark of hope lit in her heart, one she quickly smothered. *He's not the man you wanted. That man doesn't exist. Even if he's confident now, too much time has passed and he couldn't possibly be interested in you. Not in who you've become.*

Arden went on. "I think he only jumped at the bodyguard job because it was you."

Harper shook her head. "Michael—I mean, Flint—did study computers in college, but he became a SEAL instead. Those guys live and breathe action and adventure, don't they?"

Melody laughed. "That they do—to a point." She looked at Arden who smiled back knowingly. "Once they find the right woman, they tend to settle," she lifted her hand and held her thumb and index finger a centimeter apart, "juuust a little tiny bit."

"But they're never quite out of the game," Arden added. "They never quite let go of that adrenaline addiction."

"Or that desire to protect." Melody lifted her wine glass

and toasted the other women before she took a sip. "I can't tell you how many women and men Tex has downright saved since his medical discharge. Not because it's confidential, but because I've seriously lost count."

"I noticed his prosthetic leg," Harper said, excited that she could move the conversation away from herself and into one of her favorite medical topics. "I figured it must have happened when he was a SEAL."

Melody nodded as she twisted one of her curls around her finger. "He lost it in a mission, but it didn't slow him down one bit. He's had his team's backs ever since."

Harper scooted forward in her chair. "I'm hoping to get back into the field. My team and I are researching and developing ways to get the brain to function directly with artificial implants and limbs. Not just make them move, but to pick up on touch and temperature. My goal is to one day be responsible for someone who has lost their hand waking up in the morning and forgetting that the artificial one isn't their own."

Melody covered her mouth. Her eyes watered. "That would be amazing."

Harper felt her heart speed up in a good way, which always happened when she talked about her work. "We were having all sorts of breakthroughs. I can't be specific because a lot of it is proprietary, but my team's research contributes to curing epilepsy and easing the effects of TBIs, even how to rewire the brain in patients with dementia. And not only working with artificial limbs, but restoring sight and hearing." Harper felt her cheeks turn warm when she remembered what Melody did for a living. "I'm afraid one day you might be out of a job doing closed-captioning."

Melody waved her off. "I would happily retire for that reason. Girl, we have got to get you your lab back at all costs!"

"If I know those guys, they will," Arden said as she held out her wineglass to clink against the others.

Harper grinned and nodded, conscious of the thumb drive hiding in her bra. *And if they can't get it back, I will. Even if it's only for my team to continue their work.*

Both dogs looked up suddenly toward the opened sliding door leading back into the house, their ears up. They got to their feet and trotted in.

"That must be the guys," Arden said as she stood. "Perfect timing. I think the grill is hot enough for those steaks and the potatoes should be done in the oven." She turned to Harper. "Are you sure I can't convince you to stay for dinner?"

Harper got to her feet. "Thank you, but I'm exhausted and I've filled up on snacks, which were yummy. Besides, I don't want to crash the dinner party."

Melody grinned as she walked around the low table between her seat and Harper's. She put her arm around Harper's shoulders. "If you think Tex and I stand on formality, you haven't been paying attention."

"Me and Kyle too," Arden added. "It's no trouble to add two plates. Kitchen table's huge."

Michael, Kyle, and Tex appeared at the back door. Harper tried to read the look on Michael's face, to see what he'd discovered. If he still trusted her. His face gave nothing away even as he looked her over. Neither did the other two men.

Arden and Melody crossed the deck to their men who both spread their arms to welcome them in. Harper couldn't help but glance at Michael. His face remained passive and he only held her gaze for a moment before looking down. Of course, what was she expecting? Ten years may have passed, but the memories of Michael shutting her out were as fresh as new cuts.

Arden pulled back from Kyle and looked at Michael.

"Flint, care to talk Harper into staying for dinner? I told her it's no trouble adding two more."

He smiled at her then looked at Harper. "You don't want to stay?" There was that gentle voice again, the one he'd used with her throughout the day. The one that contrasted with the cold way he looked away from her. He walked toward Harper. *God, is he actually going to hug me hello?*

Michael stopped just short of her and examined her face. There it was—the heat she'd seen earlier. *Could he give more mixed signals?*

"You do look tired, Harp." Michael turned back to Arden. "I think it might be best if I get Harper settled into the safe-house. She's had a hell of a day."

Thank goodness.

Then he reached around her and she felt instant warmth as his hand pressed lightly against the small of her back.

"Promise you'll come for dinner tomorrow night," Arden said.

"Promise." Harper hugged her friend. "Thank you so much for hiring me. I had nowhere else to turn."

"I'm lucky to have you. But I'm sure I'll lose you soon enough again to your lab."

Then Harper turned to Melody. Her mother's formal voice echoed in her head, telling her to use her best manners. "It was so nice meeting you. Thank you for the lovely conversation."

"Come here." Melody pulled Harper into a hug. "Like I said, I don't stand on formality, especially with a new friend."

Harper could hardly stop her eyes from watering. "Thank you," she whispered as gratitude flooded her. She looked past Melody to Tex. "And thank you for helping me."

Tex dipped his head. "My pleasure, ma'am. We'll get you sorted." His deep brown eyes were kind but there was something hard behind them—not aimed at her, thank goodness

or she might have crumbled right there, told him her secret, and ruined all her careful plans. She was so close now she couldn't afford to let anything stop her. These men were tough bodyguards, but that's all they were. They didn't stand a chance against James and his schemes.

Melody released her, and Michel's hand returned immediately to the small of her back. "Harp, we're gonna leave your phone here just in case James is tracking you. He'll think you're spending the night at the ranch. He doesn't need to know exactly where you're at on the hill. Tomorrow, we're gonna look it over. We have a theory. Is that okay?"

Harper nodded. "If that'll make it easier." And it gave her an excuse not to have the phone with her when she sneaked away and headed to her rendezvous tomorrow.

Michael was right—she'd suspected James was using the phone to track her for quite a while so she used that to her advantage. When she wanted to make a private call, she used the second phone hidden in her purse lining. And when she didn't want to be found, she left her regular phone somewhere else. James didn't need to know her whereabouts tomorrow. No one did.

"Good night," Michael told everyone. "See you all bright and early in the morning. I'll bring Harp by in time for chores." Camo escorted them from the back deck through the house to the front door. He turned to go back inside once they got to the porch, the perfect furry gentleman.

Harper was telling the truth when she said she was tired. She felt her feet practically drag down the porch steps. Maybe if she got a good night's sleep, she could figure out her next move. Would her car even start or had James somehow managed to brick it? Maybe she should try to start it before they left. She needed to get into town tomorrow, by herself.

"Hang on, Flint. I want to see if my car will turn over." She started toward the Honda.

Michael grabbed her arm. "Leave it for tomorrow, Harp. Tex and I want to take a look at it first along with your phone."

Her heart skipped. Did he know? Had he seen the message on the display? *Play it cool.* "Thanks. I didn't know you knew how to tinker with a car." She laughed lightly as she took a step toward his truck.

He stopped her and fixed her with a stare. "I want to figure out what you were hiding earlier. You obviously won't tell me, so I'll figure it out tomorrow."

"Michael," she started. "I—I'm not—"

"I don't want to hear it." He lifted his hand. Visions of James hitting her when she asked for a divorce came rushing in and she ducked. "Please, no," she whimpered.

Michael's arms went around her and pulled her close. "Harp. Bird. I'm not going to hurt you. Jesus Christ."

Her old nickname still sounded so strange coming from him now.

Michael stroked her hair. "What the hell have you been through?" He murmured the words into her hair, almost to himself. She felt his heart speed up until he took a deep breath. When it slowed again, he pulled back. "Let's just go get you settled for tonight, okay? We can save the talking for later."

Harper nodded and let him help her into the truck. With any luck, she could avoid that conversation until after she came back from her errand.

By then it would be too late for him to stop her.

CHAPTER 11

Kyle watched Flint and Harper leave as Melody followed Arden to the grill on the other side of the deck. He turned back to Tex. "What do you think Harper's hiding?" he asked, his voice pitched low.

Tex shrugged. "Not sure," he murmured. "I think it's more than good manners though, and our boy just can't see past his dick, no offense to your brother."

Kyle smiled. "Been there myself."

"As have I." Tex glanced at his wife. "We might find the answer when we check out Harper's phone and car tomorrow."

Kyle hated that answer, even if Tex was probably correct. "I think Flint's right. If there's a connection between the disappearing texts and a possible message on Harper's dashboard, it's gotta be a physical one. The Honda's too old for some sort of virus. It's gotta be a chip."

"And that scares the hell outta me considering what I know about James Hargrave."

Arden turned and shouted to Kyle. "Hey, California. Didn't they teach you any manners growing up out there?

Poor Tex looks parched, why don't you grab him a beer? And while you're in the kitchen, you want to pull the potatoes out of the oven for me, please?"

Salty and stubborn as ever. But the killer smile that went along with her teasing made him hard every time. "Yes, mistress," he mock-bowed. "See how these Colorado natives are?" he asked loudly. "You have to appease them or they turn on you quick. If I don't hurry, I'll end up on the grill."

Arden grinned. "We call it the Donner Dinner Party Surprise. It's usually a winter dish, but I'll make an exception." By now, Melody was in stitches and Tex was chuckling, too.

Kyle gestured for Tex to go ahead and he followed him in. They'd have more privacy in the kitchen, and Kyle couldn't deny it—a beer sounded fucking fantastic right about now. He opened the fridge. "I've got some Lone Stars if you're homesick, and some local brews if you're feeling adventurous."

"Good man. Think I'll stick with what I know for now."

Kyle handed Tex a cold bottle and pulled out a Mama's Lil Yella Pils for himself. He put on a couple of oven mitts and took out the tray of potatoes for Arden and set them to cool on the stovetop. "So, what else do I need to know about James Hargrave?" Kyle asked. "I've read the news, but of course that never tells the whole story."

Tex took a swig of Lone Star and set the bottle on the counter. "First thing you need to know is that he's looking to make a name for himself with a group you might already be familiar with."

Kyle's jaw tightened. *The Capitoline Group. I thought as much.* The whole reason Watchdog Protectors existed in Colorado, was to monitor and fight wherever possible a powerful group that worked in the shadows to destabilize governments around the world in order to put themselves in

power. They owed their loyalty to no one except themselves. "Why am I not surprised?"

"He doesn't have the cash to buy his way in, at least not yet. But, with the companies he's buying up, he can offer them other useful things."

"Like medical advances from Harper's lab for one?"

"Right. He raises prices as a side benefit. But his main objective is to procure the means to create biological and technological advances only available to The Capitoline Group."

That name. The fact that Tex said it out loud spoke volumes about his faith in Kyle's security system. "You said earlier that the idea of a chip worried you."

Tex picked up his beer bottle and swiped a finger down the side. "Never can get over how dry it is here. Not a drop of condensation." He took another drink. "Hargrave buys companies right and left. Some he keeps and grows, some he empties out like a kid with a Mason jar full of pennies. He bought up a little computer processing startup 'round about ten months ago. The buzz was that they were reinventing quantum computing."

"And, you're already over my head, sir, even without the beer." Kyle held up his can.

Tex grinned. "All you need to know is that this little company has the potential to change computing the way we know it. Since Hargrave didn't turn it over and shake all the money and talent out, that means he knows its potential, its value for getting him in the door. Looks like he may have fed that company with money from the ones he did shake out and the extra money he got from jacking up prices on other companies' products."

"So you're telling me that this company might have developed these chips?"

"*If* that's what we're dealing with. I gotta say though, I

think old Flint's onto something. Sad thing is, if this is true, Hargrave's testing it on Harper."

Kyle nodded. "Tells me everything I need to know about the man and how stupid and arrogant he can be. But. Do you think Harper is shielding him for some reason?"

Tex narrowed his eyes. "I'm not a half-bad judge of character, and Melody's even better'n me. She likes her. I like her too. I don't think she's trying to protect Hargrave. But I can't shake the feeling that she's hiding something, and it's big."

Arden and Melody came in, Camo and Baby swarming around their feet. Arden carried a plate heaped with steak and roasted peppers. "You got my potatoes out, right?"

"You'd revoke my state citizenship if I didn't, love of my life."

"Smartass." She set the plate down and gave him a quick kiss on the jawline, dangerously close to his favorite spot on his neck. *The woman knows how to play with fire, and I don't mean the grill.* He'd show her later what her kisses got her.

"All right, time to eat," Arden said. "Save room for pie."

"So, you have two kids?" Arden asked Melody at dinner.

"Yes," Melody answered. "They're staying with our friends, Wolf and Caroline. They'll take any opportunity to kid-watch for us." She grabbed her phone and unlocked it, then handed it to Arden. The screen displayed a photo of a lovely dark-haired pre-teen girl holding a laughing baby on her lap. The older girl was looking down at her younger sibling with nothing but love on her face.

"That's one of my all-time favorite photos," Melody said. "Our oldest is Akilah. And my little one was ten months old there."

Arden ran her finger over the screen. "Adorable. And Akilah's going to be a heartbreaker."

Tex grunted. "Already is, don't remind me."

Melody grinned at Arden before looking at her husband. "I forget; at what age are we allowing Akilah to date?"

"Fifty," Tex answered.

"Last week it was forty."

"That was before I caught her Facetiming with a boy," Tex said.

Melody rolled her eyes. "For a class project, Tex. I know Alan's mom and he's a very sweet boy from a nice family."

"Well, his grades aren't as good as Akilah's."

Melody frowned, then her eyes went round with sudden realization. "Tex! Tell me you did *not* hack into the school to check him out."

Tex shrugged. "I could tell you that, but I swore I'd never lie to you."

With a smile on her face, Melody looked heavenward as Arden laughed and Kyle grinned. "You know, I would like to be a grandmother *some*-day."

"In your eighties, babe. Maybe nineties." He toasted her with his beer.

Melody hung her head in mock-sadness and Arden played along, patting her new friend on the shoulder. "Can I get you another glass of wine? I think it's called for."

Melody covered Arden's hand with hers and gave it a squeeze before picking her fork back up. "That would be lovely, thank you." She pointed her fork at Kyle. "Don't let Tex give you any ideas."

"Not to worry," Kyle said. "We're having all boys."

"We are?" Arden asked from the kitchen as she poured two more glasses of wine.

"Yeah. The stubborn runs strong in the women of your

family. I know when I'm outgunned, and I'd be outgunned times ten if we had a girl."

"Wise man," Tex said. He finished his steak.

Kyle swigged his beer. "Besides, I'm no good with computers, so I couldn't check up on anyone who wanted to date my little girl. I'll leave that up to Flint."

Tex nodded thoughtfully. "He's good, Kyle."

Melody took a glass from Arden as she sat back down. "That's high praise."

"He's got potential," Tex said.

"Who's ready for dessert?" Arden said. "We can eat it on the deck and watch the last of the sunset. Beautiful evening."

Both dogs stood up at the mention of dessert, tails wagging. Melody laughed. "Baby, I think Camo's taught you a thing or two."

"If it's about food, he's an expert," Arden laughed. "I apologize for any bad behavior he's passing on."

"Oh, believe me," Melody said, "Baby's an old pro when it comes to begging."

Arden cut everyone a slice of pie and passed the plates around. As they all headed outside, Kyle took a moment to watch his fiancée. She had changed his life for the better, and he'd do anything to keep her and his entire team safe and to protect everything he'd built.

Tomorrow, they'd take the next definitive steps to do just that.

CHAPTER 12

Flint drove Harper to the safehouse on the eastern-facing side of the hill, another ranch house that Watchdog Protectors had purchased along with acres of land surrounding it. The house was already in shadow and Harper had the urge to turn on every light and explore every room until she was sure she was safe.

Flint sensed her unease. "Let me show you the camera room." He took her hand and led her to a spare bedroom that had been converted into an office. Three screens dominated a desk, each one partitioned into four views of the safehouse, the road, and the fields around it.

"Not that anyone can even get up here past the main office without being seen, but we've got a view of the lane just outside, and the house from damn near every angle. Because we're here, there's someone in the main office monitoring the feeds overnight. They'll alert my phone and Kyle's if anything looks hinky. We've got plenty of arms here. Panic room's in the basement and I'll show you that." He squeezed her hand. "You're as safe as you're ever gonna be up here."

"Thank you." True enough—but she wouldn't put it past

James to take a helicopter and land on the front lawn. *No, Harper, stop it. As much as he's watched you, you've managed to keep him in the dark. Along with everyone else.* Except...the men ransacking her apartment today knew what they were looking for.

So tempting to let Michael and the rest know what she had planned. But the last thing she wanted was to endanger anyone else. She already had the potential for innocent blood on her hands. No, her course was set. Once she got past tomorrow, she might let them know depending on how everything went.

After Michael showed her the basement and how to lock the panic room, they went back upstairs. It was full-on night by now and Harper was exhausted.

"You hungry?" Michael asked as he opened the fridge.

"No, I filled up on snacks at Arden's."

Michael grinned. "You still eat like a bird, huh?"

"I just haven't been that hungry lately. Oh, but you haven't eaten, have you? We should have stayed."

Michael shook his head. "It's fine. I could tell you needed to leave." He pulled out sandwich fixings, a soda, and grabbed a loaf of bread from the counter. "I was done socializing for the day anyhow."

That hadn't changed over the years, apparently. When Michael was done with you, he shut down and pulled away. "I'll leave you alone then."

"I didn't mean you, Bird." The nickname hit her the same way it had earlier, filling her with bittersweet regret. But the look in his eyes was surprisingly open, not at all what she remembered. "Come sit with me. You sure I can't make you something?"

Harper spotted a tea kettle on the stove. "I'll make myself some tea." While he made himself a sandwich, she put the kettle on to boil, opened a cabinet, and found a selection of

teas. She picked out a soothing herbal variety. Maybe she'd get some sleep tonight after all.

They sat down across from each other at a little table in a breakfast nook. The windows looked out over a field. Harper closed the shades. She felt exposed, despite all the security.

"I promise, you're safe with me, Bird." Flint reached across the table and grabbed her hand. At the last second, his hand trembled. Harper looked up just in time to see his eyes widen. "Low blood sugar," he said, pulling back. He took a bite of his sandwich.

"You should have eaten the second we got here."

"It's nothing."

And there was the old familiar wall. He put it up whenever she got too close to his defenses.

When they were still together, she had tried to talk to him about it, ask him why he wouldn't let her in. Did it have to do with her, or was there something else going on? He never talked about his family, even when she hinted that she'd love to meet them. He'd shake his head, tell her to stop asking. Sometimes, he'd pull her in close, make love with her, distract her for another day. Other times, he'd leave the house and not come back for hours.

Finally, she waited up all night thinking about their relationship. She'd given him so much, only to have him shut her out. What was wrong with her? She deserved better. Harper had decided that she would tell him the minute that he walked through the door that it was over. She'd move out but still pay rent so that they wouldn't come up short or have to find a roommate so close to the end of the semester. She despised the thought of moving back in with her parents, but she'd do it.

And that's exactly what had happened. Michael had come in just before dawn drunk off his ass—with Stacy on his arm. She didn't know if they'd slept together or just gone out for a

bender, and she didn't care. It didn't matter in the end. It didn't change the fact that as much as she loved him, and as much as she knew he loved her, he'd always keep her at arm's length and never tell her why.

Harper ended their relationship then and there, packed her things, and left. Her parents were thrilled to have her back under their roof where they could control her at their leisure, happy that she'd left a man they thought was beneath her. Her father seemed especially pleased. He was on the Board of Trustees at the university and shared with her that he thought Michael was not doing well in his classes.

Later, she heard that Michael had left school before completing the computer program. She eventually patched things up with Stacy—she and Michael had not slept together, but the other woman would never tell Harper why they were out that night—but the young women were never close again and eventually drifted apart completely.

Spending today with Michael, she thought maybe he'd changed in more ways than just gaining confidence in himself. No, why lie—she *hoped* he'd changed. He didn't hesitate to touch her, even in front of the others. And the brief look he'd given her when she first said they were roomies—his eyes full of pain, of betrayal almost—made her wonder if he still thought of her, of *them*. She regretted referring to him as a roomie immediately; she had just wanted to leave, to stop causing him pain at that moment.

But James messed that up for her, didn't he? God, he could be miles away from her and still cause her pain.

Harper was so lost in her thoughts she didn't realize Michael had finished his sandwich.

"You look close to dozing off. When was the last time you got a good night's sleep?" he asked.

"I don't know. It's been so long, I feel like I haven't slept in years." She stared down into the dregs of her tea.

"Let's go to bed then."

Go to bed *with* him? She looked up at Michael with trepidation in her eyes.

And what he gave her back was hurt. "I meant share a bed, not *sleep* with me. I promise nothing's going to happen except that you're going to actually get a good night's sleep for once."

"You don't have to—"

"Harper, let me do this for you. How many times were you there for me years ago? It's time that I paid you back. More than paid you back, it's time I showed you what all of those times meant to me."

Paid you back. Was he serious? This was transactional? He still didn't get what he'd meant to her, how she'd seen so much in him and wanted to help him find it.

"Seriously, you don't have to do that," she said as she stood. "I know I'm safe. You don't owe me anything, either."

His face blanched. "That's not what I meant, Harp." He shook his head. "Look, just stop arguing with me and trust, okay?"

He led her down the hall to the bedroom. She wasn't sure if she could undress in front of him. So funny—he'd seen her naked many times, but that was a younger body. She'd kept herself in shape but time always took revenge didn't it?

When she hesitated, he said, "I'll go change in the other room and then wait for you outside. But then I'm coming back in. Okay?"

She nodded and gave him a tiny smile. He left the room and closed the door behind him but she knew he was standing right outside of it. She could feel him through that door—her Rock, a boulder with its own gravity. *Flint*. Of course they nicknamed him Flint. Even if they didn't know the story about the t-shirts, he radiated strength. Permanence.

Harper changed into an oversized t-shirt she'd grabbed when they'd returned to her apartment, one she'd worn every night since the separation. It was a far cry from the skimpy lingerie she'd been used to wearing for James. Trashy things that he insisted on that made her feel cheap instead of sexy. She'd worn lingerie for Michael all those years ago and it had felt completely different, made her feel beautiful and desirable. Or maybe it wasn't the lingerie. Maybe it was the man.

She went to the door, turned the handle, and let him back in. He'd changed into a different t-shirt and a pair of cotton boxers. His gaze danced up and down her body just once. Just long enough to make her body respond with need.

Michael walked to the bed and pulled the corner of the comforter back. He patted the mattress and looked back at her without a word. She broke their gaze as she walked to him. He pulled the blanket back farther and she took her place in bed. He pulled the comforter back over her as she laid her head down on the pillow and he gently tucked her in. He'd never done anything like this in grad school. They usually just started right in the minute they hit the bed. And those memories were not helping her now. Her belly burned for him.

Michael walked around to the other side of the bed and lay down on top of the comforter.

"Is that supposed to be chivalrous?" She grinned.

"I meant what I said, Harper. I don't want to make you uncomfortable. Last thing I want is for you to think that I'm going to take advantage of you."

Or is it just a way for you to keep your distance from me? she thought to herself. She was too tired to ask. She didn't think she could handle that answer.

The moon rose. They lay there in the half-light for a while. And as tired as she had been, now Harper found she

couldn't sleep at all. Instead, her heart raced. He was *right there*, right there beside her, but he might as well have still been a world away. With her under the comforter and him on top of it, it was as effective as any wall, any ocean, any continent between them. That comforter was the entire Rocky Mountain Range between Colorado and California.

She turned over on her side away from him and tucked her legs up. She lay like that for a few minutes before she sat up, fluffed her pillow, and lay back down. She swallowed hard and felt her heart pounding, refusing to slow down for anything. She turned back over to face him. He lay on his back unmoving the entire time, his hands folded on his chest and looking up at the ceiling. Yup, his eyes were wide open, his expression unreadable.

"Sorry, I'm keeping you awake. I just can't get comfortable."

He chuckled. "You're fine. You're not what's keeping me awake."

"What is?"

He finally turned his head toward her. The moonlight from the window illuminated his features. He had the slightest smile on his face and his eyes gleamed in the dark. "I'm listening to the dark and the night outside, making sure all is well."

"You don't think he's up here, do you?"

"No, I don't. But it's an old habit."

"From when you were a SEAL?"

"That's right." He turned his head again and watched the ceiling fan circle. Just that head turn felt like a wall going up. He was pushing her away. Conversation over.

But Harper wasn't done. "I remember when you used to get insomnia in school, too. I told you to count sheep and you said you liked to solve puzzles instead."

"I still do that." She felt his body stiffen ever so slightly.

"What puzzle are you working on now?"

"One that I think I just figured out."

Now it was her turn to be nervous. "What is it?"

He grinned. "Oh, it's a good one. A surprising one. *If* I'm right. But you'll have to tell me."

Slow down, heart. "Okay, sure, if I know it."

"It's your phone's passcode."

Oh, God, he knows. A light sweat broke out on Harper's forehead.

"Six. Five. One. Four." He enunciated each number deliberately. "I thought maybe it was an important date, or an address. Something easy. But I couldn't think of what it would correspond to. Then I thought about how you liked to play games, and I wondered if that had changed. I started thinking about phones. I remembered that every number on an old rotary phone used to correspond to three letters each. Simple code. I started playing with that, see what I could spell. Six, five, one, four. R-O-C-K. Like my old t-shirt."

Harper bit her lower lip.

He turned onto his side, facing her. "How long have you had that code, Harp?"

"As long as I've had the phone." She grinned. "And the phone before that one."

The ceiling fan turned over their heads, cooling her sweat, tickling her face with a wispy strand of hair. Michael brushed it back from her forehead and that's all it took.

"Come on. Get under the covers," she whispered. "Or I'll never get to sleep."

"Are you sure?" he breathed back.

"Positive."

Michael slid in next to her. His position didn't change. He lay on his back, hands folded over his sternum. Harper turned away again, then turned back. She pulled her legs up,

then stretched them out. She rolled over and felt the bed shaking slightly. She rolled back to him.

"Are you laughing?"

"Mmm-hmm. Sorry. It's just that you used to sleep like the dead. Now you can't hold still for more than a minute."

"And that's funny?" Harper propped herself up on her elbow.

He turned his head. "Amusing, more like. Tells me you're not used to sleeping next to someone anymore."

"I'm not. I haven't… never mind." She wasn't about to humiliate herself by telling him that she hadn't shared a bed with anyone for years, that James would leave her for another bedroom the second they were done having sex, back when he still deigned to fuck her. She'd kept that little secret to herself. How humiliating was it to be married to a man who put his arm around you in public only to shun you when you were alone together? James was the photographic negative of Michael, who never wanted to publicly show affection, but the moment no one was around, he'd pull her onto his lap. When they shared a bed, he tucked her up against him all night long.

"Yup, you've been sleeping alone." He chuckled.

"So, if I always used to sleep soundly with you, why do you think I'm tossing now?"

"How worried are you about your ex coming up here?"

"Honestly, not very. Not after you showed me the surveillance system." *Not after you laid your body down next to mine, more like*. But she wasn't about to say that out loud.

Michael looked deeply into her eyes. "Maybe it's how you're positioned. You can't get comfortable." His voice had gone low, and oh, boy, did that have an effect on her. Her nipples hardened under the soft cotton t-shirt. Her heartbeat slowed, but it banged harder in her chest.

"What do you suggest I do?" Was that her voice, sounding so husky?

It sure was, by the look in his eye and the parting of his lips.

"Come here, Bird," he said as he lifted his arm. "I know how to make you comfortable."

Oh, that pull between their bodies, guiding her straight into his arms. She'd never felt it with anyone else. Muscle memory took over from there as she slid her left arm under his pillow and laid the right across his chest. She nuzzled her head onto his shoulder, surprised she still fit so perfectly given how much he'd bulked up. Not that he was skinny at twenty-three, his body just hadn't reached its potential yet. The arms that wrapped around her had way more muscle and made her feel like a living fortress had taken her in for protection. He still smelled as good as ever and she took a deep breath even as she remembered that's what she always did before. She felt the underside of his chin come to rest against the top of her head and she sighed.

"There. Now maybe you can get some sleep."

"Maybe," she said, her eyelids already heavy, her fingers tracing an old familiar pattern on his chest. He covered her hand and stilled her tracings.

"Go to sleep, Bird." His voice sounded rough. She recognized the tone and if that didn't dampen her panties, nothing would.

"Why were you amused that I haven't slept next to anyone in a long time?" She slid her leg up, lightly grazing the top of his thigh. He drew in a sharp breath.

"I wasn't laughing at *you*, Harp."

She started tracing circles on his chest again and felt his breathing quicken. God, how easy it was to fall back into the old push-and-pull pattern they'd known so well, especially in the beginning. They'd drink and flirt all night over a few

games of Horse until Harper couldn't stand it. As soon as she was sure he was about to grab her around the waist and lead her off to his room, he'd stand and stretch and call it a night.

She finally sneaked into his room one night after everyone else had gone to bed, only to find him wide awake and out of breath. When she'd scooted in under the covers, it had taken her half a second to realize he'd been jerking off. It took another half a second to help him finish. The second time lasted much longer and he made sure Harper went over the edge right along with him.

From there, the game they played changed to sneaking around. Rule number one of living in the house was no sex with any other housemate, so it didn't bother Harper when Michael would act nonchalantly toward her when their roomies were around. But once they hit the bedroom, he was anything but uninterested. He worshipped her body like a temple—licking, sucking, kissing every last inch of her. She'd never been with anyone who'd gone down on her before. She would bury her face in a pillow to keep her moans from waking anyone else up as he gently stroked her clit with his tongue, flattening it against her, then flicking light and fast over the sensitive nub until pleasure pulsed through her entire body.

Harper bit her lip remembering how good he'd always made her feel. James had never cared to bring her to orgasm once they were married, and not often before that. He'd treated her like a princess otherwise, spoiling her with attention and gifts until she ignored the little warning voice in the back of her head and let her parents talk her into accepting his marriage proposal. Where she saw someone who would treat her well enough so that she wouldn't be unhappy, they saw dollar signs and opportunities to climb the social ladder a few rungs higher. They got their wish and she got a man who turned cold and grew distant.

But Harper didn't want to think about James right now. Not when she had Michael's body next to hers again. Not when he smelled so good and felt so warm and sounded so turned-on. He was worth risking heartbreak again. After all, when a heart had been broken into as many pieces as hers had been, what was one more crack?

"If you weren't laughing at me, then what were you laughing at?" she asked him. She moved her head and let the tip of her nose run along his neck to his ear until her lips were a breath away from his skin.

Michael groaned and shifted. "I was laughing at the idiot you were married to. Hard to believe he wouldn't share a bed with you. Unless you were the one who kicked him out. In which case, he's still an idiot for not doing everything in his power to keep you happy."

"He did his best to make me feel inadequate. Little by little over the course of our marriage, I felt uglier and less deserving of love."

He moved his head and tilted her chin up until they were face to face. "How? How is that even possible, Harp?" His eyes bored into her, trying to understand.

"Tiny cut by tiny cut."

"Jesus, Harp, you are the most beautiful woman I have ever seen in my life."

Harper blushed. "You might be biased."

"Don't do that. Don't sell yourself short. I'm only speaking the truth."

He growled low when she nuzzled back into his neck. Her lips glided along his skin. "Ah, Harp, you need to stop."

"Stop what? Stop this?" She pressed her lips against his throat.

"Yeah, that," he gasped.

She kissed him again.

"Goddamn, woman. Sweet as I remembered." Was he trembling?

"Remember the first time I came to your bed?"

Michael groaned again. "Yeah, and your perfect timing." He chuckled. "My first thought was that I'd jerked off so hard I made myself hallucinate. And then you wrapped your hand around my cock and got me off so hot and fast and hard." He shuddered.

"And then you reciprocated and I practically hit the ceiling." Remembering got her soaking wet. She needed him. *Now*. Harper threw her leg over his waist.

Michael slid his hand over her thigh and gripped it. He gently guided her leg back down. "Can't let you do this, Harp."

God, his rebuke stung like hell. She took a deep breath. That was the other side of their relationship. When their roommates found out they were together—more like, when they let on that they knew Harper and Michael were in love before they knew it themselves—she had expected Michael to stop hiding. Instead, he became moody and withdrawn. He drank more. And he doubled-down on pushing her away in public, until it spread to the bedroom.

So Michael pushing her away tonight brought back all the pain and embarrassment and rejection.

"I get it," she whispered. "I'm weak and needy. I'll leave you alone." She turned over, away from him.

Michael pulled her close until she felt his erection pressed against her back. "Harp. There is nothing I want more than to make love to you right now. You've always done this to me, always made me want you. But it's not fair to you."

"How can it not be fair?"

He buried his face in her hair and sighed. "You're tougher than any SEAL I've ever met just for putting the hell up with me. You're still the angel I don't deserve."

Was that it? Did he seriously think that just because she'd been raised with money that she looked down on him? Harper gritted her teeth. She could forgive the boy he'd been for being that immature and short-sighted. But the man he was now? How could he still think that, after having been a SEAL? Weren't they supposed to be cocky and think they were God's gift to the world? From the minute she saw him on the porch that morning, she knew he'd become the man she knew he could be. So why was he doing this?

She turned back over. "Put aside that 'I don't deserve you' bullshit right now. That's the boy I knew, not the man. The man I've spent the day with is strong and confident and talented and smart. I'm the one who doesn't deserve you, not after all the mistakes I've made. Starting with leaving you."

His nostrils flared and his dark eyes flashed. He grabbed her shoulders. "You're wrong there, Harper. Leaving the boy I was then was the smartest thing you've ever done."

"What about the man you are now? I don't want that boy, I never did. I want the man who I always saw inside of him. The man you are now. Be him. Be him with me."

CHAPTER 13

All those wasted years. I've been that man you deserved for a long time. One who doesn't drink to mask his insecurities, because he's grown out of them. One who knows how amazing and loving you are and wants to return all that love and care to you. But now it's too late. I can't saddle you with a man who will become a burden to you in what, three or four years? Fewer years than we've been apart. I love you too much to do that to you. Oh, God, Harper, all the years we've wasted. And now it's too late.

She was right there in his arms. How many times had he dreamed of her through the years? How many times had he wished things had gone differently?

My own damned fault. I was weak then.

He couldn't say the words. She'd object, tell him that she didn't care that he was about to lose control of his body. And the fuck of it all was that she'd mean every word of it. She'd stick with him as he got worse. She'd sacrifice any last chance she had at happiness, at finding a man who could love her and protect her and take care of her needs. Someone who would give her children, who would grow old gracefully with her.

By the way she was looking at him, he could tell her heart was on the verge of breaking again. He'd seen that look before, and to be honest, it broke his heart too. Because once again, she thought she didn't measure up. That she was inherently unlovable. That her only value lay in the family she was born into and what she could give everyone else.

The one time she saw her own value was the day she left him. She'd probably felt it again, enough to give her the courage to leave Hargrave. And now Flint had wiped it away again, invalidated her. That wasn't fair, either.

Flint could give her tonight. He could kiss away all her pain, all her fear. Remind her that she was a beautiful, desirable woman. That he'd never forgotten her, never replaced her in his heart. That his biggest regret in life was betraying her when she needed him, for his own selfish, cowardly reasons.

"Harp." He stroked her silky-soft hair back away from her face.

"Is there someone else?" she whispered. "Is that why?"

"No. God no. I'm not with anyone. Truth is, there hasn't been anyone special after you." Her face was in shadow so he sensed her tears without seeing them. He brushed away the wetness from her cheeks. "But there are things you don't know about me."

She shook her head. "No secret could change how I feel about you. We all have secrets. You don't have to tell me yours. Not tonight."

"Harper." He couldn't stand it anymore. He took her face in his hands and claimed her mouth. Sweet memories of making love with her flooded in—all the places she liked to be touched, her smooth skin, her smell, her taste—and here she was real and warm in his arms, his fantasy woman returned to him after so long.

"I've missed you, Bird." He buried his face in her neck and kissed her. She tugged at his t-shirt and he rolled her onto her back. Knees to either side of her body and straddling her, he sat up and pulled his shirt off. Harper ran her hands up his chest and gripped his shoulders, pulling him down again. She ran her nails lightly down his back and he arched in pleasure.

"Need you naked, Harp." He sat back up, pulling her with him. He grabbed the bottom of her t-shirt and pulled it over her head and flung it into the corner. Her breasts were perfect, the nipples dark against her skin. He bent to take one in his mouth and was rewarded with her moans of pleasure. She gripped his back and held him close while he laved first the left then the right.

Harper pressed up against his erection. Yup, the boxers and panties needed to go. "Lift up," he commanded and Harper lifted, bracing her hands on his shoulders while he slid her panties down her legs. Flint groaned when he saw the fabric darkened with her juices.

"Are you soaking wet for me?" he asked as he ran his finger down between her breasts, around her bellybutton, and into the soft curls above her pussy. He found her clit swollen and ready for his touch. "Mmm, yes. So wet." He ran his fingers around in tiny circles over the engorged nub as she shook and moaned, her head thrown back, eyes closed. Then down between her lips where the juices flowed freely. "Sopping wet."

Harper leaned back, lifting her hips and exposing more of herself to him, her breasts full and gorgeous in the pale moonlight. He stroked along her pussy lips on either side of her clit, then cupped his hand and pressed the heel of his palm against her nub. She ground against him, panting hard. His cock begged to be set free as it strained against his boxers.

"Close," she whispered as she opened her eyes and looked at him. They looked glazed with desire, wild, hungry.

He pulled his hand away and she moaned in desperation. "I've got you, Bird. I won't let you go hungry." Flint laid her back, then moved down her body, kissed his way to her warmth, the sweet musky honey smell of her desire. He licked once, twice, lapped up her wetness, and then pressed his tongue against her clit. He sucked her into his mouth as she grabbed the bed, clenching the sheets in her fists.

"Inside me," she panted. "Need you."

"Is this what you need?" He slipped one finger into her, shocked at her tightness. His cock pulsed and he took a deep breath to keep himself from coming against the mattress. A second finger joined the first. He turned his hand and crooked his fingers in search of the familiar place that always made her walls clench… and there it was.

"You… I need you." Her words were almost swallowed by the room, by the space between them, by all the time that had passed. "You."

His heart gave a solid pound against his chest. "Whatever you need, baby." Flint got to his knees and pulled his boxers down. He watched her watch his cock bob free, watched as she bit her lower lip. He grabbed the base and fisted himself, pushing out a drop of precum even as she was moving toward him. She bent and licked and he groaned and shook. He pushed her onto her back and lined his cock up against her pussy.

Damn, he needed protection. Where was his wallet? All the way in the other fucking room, dammit. He held up a finger to wait.

It was her turn to chuckle as she grabbed his finger to stop him. "I'm on birth control and I can't remember the last time I was with someone, as embarrassing as that sounds."

"Not embarrassing, Harp. I haven't been with anyone in

over six months." Not since he awoke with the first hand tremor and saw his grim future laid out before him. "I'm clean."

A sexy smile spread across her lovely mouth as she hooked her legs around his back and pulled him forward. He growled with pleasure—he'd almost forgotten how eager she could be and how much that turned him on. She knew exactly what she wanted and he was more than happy to give it to her.

After a little more teasing, of course.

He dipped the head of his cock into her wetness and then brushed the head against her clit. Back and forth, then around and around as she tried to push against him. Normally, he could tease her like this indefinitely, but not tonight. She brought him right up to the brink.

He slid his cock back down between her lips to her entrance.

"Look at me, Harp," he entreated. She opened her eyes and he slid home as he gazed into them.

And he *was* home. Nobody felt as good as his Harper, his little Bird lying under him as he pushed in hard, all the way up to his balls. She gasped like she always did as he stretched her out, then squeezed around him in their game of push and pull, each trying to make the other come first.

If Flint wasn't careful, she'd win tonight, and he couldn't have that. He reached down between them and rubbed her clit, guaranteeing that she would reach the summit before him. And yes, there it was, her gasps accompanied by that fluttering inside that grabbed him and wrang the orgasm right out of him. So they came together. A tie wasn't bad at all.

He covered her body and she stroked his back lightly. Their heartbeats matched, slowing, easing as they caught their breaths. Staying inside her, Flint rolled to the side and

pulled her up against him. She wrapped her leg around him and kissed the hollow of his throat until they both drifted off to sleep.

~

Morning came and with it a sweetness Flint hadn't known in years. Harper lay curled against him, her breath slow and steady in deep sleep. He could almost believe that they were twenty-two and twenty-three again, that they had their whole lives ahead of them. He'd stop drinking, stop running from the pain of his family. From his baseless fears that he wasn't good enough for her. Instead, he'd prove he was worthy of her. Fuck her family and their judgment.

This time, he'd ignore the email from her father asking to speak with him. He wouldn't be that naïve again, thinking that Harper sensed he was about to propose and excitedly told her parents. Thinking that the man wanted to preemptively give his blessing.

Instead, Mr. Marling had a bottle of top-shelf whiskey waiting in the library of their obscenely large house. Under the whiskey bottle were two envelopes. In the first envelope was a copy of Flint's current transcript printed out from the university's computer system. Flint knew he'd been slacking in his duties, but there it was—a letter from one of his professors saying that Michael should be removed from the program. And Harper's father knew it before Flint did.

Sure. Mr. Marling was on the Board of Trustees. Of course he was. And he was ready to advise the school that Michael Grey not only be removed from grad school but banned from campus for disorderly conduct. He had photos of Flint stumbling across campus one night—and wasn't there some vandalism that night that had so far gone unpunished? It didn't matter that Michael was innocent. It

would be easy to tie him to it. Was he getting the message yet?

But it didn't have to be this way, Mr. Marling reassured him. Michael could double-down on his studies, give up his social life, perhaps get his own place where he could concentrate. How to afford that rent in such an expensive town? Why, with the money in the second envelope under that enticing bottle of whiskey—which he was free to take with him, of course. One for the road.

The check had several zeros behind the first number. Zeroes for a zero. A zero-sum game, really.

Do the smart thing. If not for yourself, then for my daughter. Don't drag her down into the cesspool your life will always be. Can't you see we're on the same side? We both only want what's best for her. What do you say?

In the end, he'd taken both envelopes and the bottle and left.

When he got back to the house that night the only person around was Stacy so he grabbed her, saying he needed to talk. They drove to the top of Lookout Mountain outside of Golden and split the bottle while they watched the lights come on across the plains. He told her everything. And Stacy—practical, cold, heartless Stacy—advised him to cut bait, take the money and not look back.

There were *a lot* of zeroes on that check.

His mind wasn't made up—how could something spinning so fast decide on anything? God, he loved Harper, would do anything for her. But could he give her up? What did he have to offer her? Nothing. The wrong kind of zeroes.

Except, as much as Mr. Marling said he loved his daughter, wanted what was best for her, there was no love in his eyes.

Flint could show Harper the check. He could tear it up in front of her. Tell her that he loved her, he would marry her

and give her the best life he could but that it was her decision.

Yeah.

Stacy drove them back—a stupid, stupid move considering their level of absolutely-fucked-upedness—and kissed his cheek before they got out of her car. He offered his arm so that neither of them would fall on their faces. The front light was on—how considerate of their roommates, even with the sun coming up.

Harper was waiting on the couch.

"Uh-oh," Stacy giggled as she slapped his arm and stumbled up the stairs.

You'd think the woman he loved the most in the world looking at him like he was a detestable pile of shit would have sobered him up. Instead, while it took away the buzz, it sent him spiraling down into a pit of drunken guilt.

Mr. Marling was right. He wasn't worthy. He was nothing.

And she knew it. Harper laid it out. She was tired of his drinking, his hot and cold moods toward her. She deserved better.

He couldn't have said it better himself. So he stayed silent as she climbed the stairs crying.

He went up long after he figured she was asleep and collapsed in bed.

He had awoken in a cold sweat the next day, the light coming through the window telling him it was late afternoon. He bolted up and winced at his familiar friend, Mr. Hangover. It didn't matter. He needed to talk to Harper, tell her what happened. He stumbled down the hall to her room and opened the door without knocking.

"Harp—" he said to a barren room. Nothing left but the beat-up old desk and a grungy-stripped-down mattress on

the bed. Empty drawers, empty closet. The barest trace of her jasmine perfume in the air offered a silent reprimand.

Flint moved on after that. He dropped out of school—why bother when you were failing anyway—and went west to California to catch up with a high school friend who had joined the Navy. But he couldn't outrun memories of Harper and the deep sense of failing her. Her father's words echoed in his head, telling him he was a drunk, a loser, someone who could be bought off. Even Harper believed it, didn't she, or she wouldn't have left him.

Flint sank to the bottom. And when he got there, he kicked off and started over.

He joined the Navy like his friend had done. The first weeks were hell but he made it, and did it without drinking. That was a bigger hell sometimes, when his new buddies invited him to go out. He made himself the designated driver and never wavered. That's what got him the nickname Flint, and it stayed with him through BUD/s and beyond.

Being a SEAL had given him confidence and pride. He often wished Harper could see him, see who he'd become. But so much time had passed. Surely she'd moved on, and she might not even remember him as more than a random college boyfriend. And nothing would ever make her parents accept him, not even defending their country. He'd never be from a 'good' family or have piles of money and land and influence.

~

Flint propped himself up on his elbow. Looking at Harper's face in the soft light before dawn, he couldn't believe anything had kept him from her after he'd turned his life around. Had he really been trying to protect her, or was he protecting himself from the pain of her rejection? Even now,

he could ask himself that—was it fair to hide his condition from her, do the same stupid shit he'd done in college and push her away only to pull her back out of need?

No. He was better than that now. He'd tell her about his hand, about his family, and let her decide. Tonight, after he, Tex, and Kyle figured out how to nail the son of a bitch trying to ruin her life.

Harper stirred, opened her eyes, and stretched. She blinked rapidly—apparently, she still wasn't a morning person—until she remembered where she was and who she was with. Flint held his breath until the moment she smiled. God, what a beautiful smile, and she gave it just to him.

"Good morning, stranger," she murmured. She reached up to touch his face and he caught her hand and kissed it. Her eyes glistened suddenly and she blinked again.

"What's wrong, Bird?"

"Nothing," she started, probably out of habit from hiding her true feelings. Yeah, he'd have to do something about that, too. He gave her a skeptical look that said *come clean with me.*

She ducked her head. "I was afraid you'd be gone."

Okay, he deserved that. He tipped her chin up. "I'm not going anywhere, Harp. You're stuck with me for the duration."

"I like that."

Flint kissed her softly as his cock stirred. He could have kept her in bed all day, but they both had work to do, him with Tex and Kyle, and Harper with Arden and then at the kennels. But her soft murmurs against his lips felt so damn good and the last traces of her perfume stirred him.

He grabbed her and rolled over until she lay on top of him. Soft and warm and naked.

Mine. He couldn't deny it. He wanted her and if that was selfish, then he'd be selfish.

His cock pressed against her belly and she rubbed against

him. "I have to get up," she said, her words laced with reluctance. "Arden's probably already starting in."

"I'll shower with you."

"Ha! As if that won't slow things down." As she got out of bed he grabbed her hand.

"Love you, Harp."

With one knee still on the bed, she stopped and looked back at him. She bit her lower lip, then answered with, "I don't think I ever stopped loving you." Her lips curled into an enticing smile. "Now let's take that shower."

She was right—showering together absolutely slowed things down.

As they headed out the door on their way to the ranch, he pulled her into his arms first.

"Before we head out, I just want to tell you I'm sorry for all the times that I made you feel less than loved and treasured."

Pain flickered in her eyes before she shook her head and arranged her features into some sort of socially acceptable smile—pleasant and completely fake. "Michael, that was so long ago—"

"The heart can't tell time, Harp."

She sucked in a breath and the façade crumbled. It hurt just seeing her pain, but she had to acknowledge it before he could even begin to pull the pain out of her and replace it with love.

"I hurt you bad," he continued. "I'm taking responsibility for that right now and I'm going to do better going forward. That said, we need to talk tonight and—" The words stuck in his throat behind the lump that had suddenly formed there. "—And it might hurt. But it's absolutely necessary if we're going to move forward. And Harper, I want to move forward with you."

"I want to move forward with you too, Michael." Her

voice cracked on his name. "I really need to start calling you Flint, I think. It'll help to put the past behind us." She stroked his hair over his ear. "I have some things to tell you as well, things that aren't pretty, but are necessary."

Flint nodded. "Okay. Then let's go do our thing and we'll talk tonight." He bent to kiss her and savored the sweetness of her lips, hoping this wouldn't be their last kiss, and at the same time feeling selfish that he'd tie her to his fate just to have her close.

CHAPTER 14

"Come here, little guy," Harper cooed at one of the puppies at the kennel. She held out a rope toy and the ten-week-old Malinois chomped down and pulled.

"That one's Champ," Alex told her. "He's aptly named. I've got high hopes for him."

"Mac is his sire, is that right?"

The big dog who accompanied Harper and Alex perked up his ears at his name. After watching the dog interact with Alex all morning and into the afternoon, Harper had already decided that Mac was smarter than some people she'd met.

Alex bent to pat Mac's head. "Yup, he's the proud papa, aren't you, boy?" He straightened up and they headed out to the training field with Mac and Champ. The two dogs ran ahead as Alex spoke. "Mac was born and raised at Lackland as part of their breeding program. Right now, the DOD purchases most of the dogs from breeders in Europe. Lackland's program supplies more, but a lot of the dogs wash out of the program, so they're looking at expanding breeding sites here in the U.S. We're hoping to be the first non-mili-

tary installation to have an equivalent program that'll supply dogs to Lackland for training."

Harper watched the two dogs tear around the perimeter of the doggie obstacle course. "If Mac and Champ are any indications, then you're off to a good start," she said. And she meant it. The two dogs—all the dogs, really—were bright and eager and had energy for days. They were the perfect foil to her anxiety over meeting with her team today. *I wish this was my real life* she thought. *Simple and straightforward and good*. Instead, she had to figure out how to sneak away after working with Alex.

Alex smiled at her words. "Thanks. We're doing our best here. I know Kyle's eager to make this happen."

Harper smiled. "I guess his old team named him Pup. Seems fitting."

Alex chuckled. "It's perfect. I always thought of Kyle as a pup when I was training him to be a dog handler in the military. Now he's the top-dog."

They watched the dogs play tug-of-war with the rope and Alex pointed out the good qualities he looked for in a puppy. He clapped his hands loudly, and while Champ perked up his ears, he didn't seem the least bit fazed by the loud noise—an early good sign. He was playful but not overly aggressive, another good sign that he could work with a trainer.

Harper nodded and asked appropriate questions, but part of her mind was working on solving the puzzle of how to sneak away. She thought back to this morning when Flint dropped her off at the ranch. Kyle and Arden were having a quick breakfast, Camo and Baby ever-hopeful that a crumb would hit the floor.

"Good morning, Harper. Flint," Kyle said as he stood up. He shook Michael's hand.

Arden stood too and came around the table. "How'd you sleep?" she asked and then hugged Harper. "Or *did* you?" she

whispered into her ear. Harper held back a surprised laugh at Arden's insinuation.

Arden let her go and murmured, "I'll take your reaction as a no, you didn't sleep." She winked. Harper mouthed *I'll tell you later* as she felt her cheeks fill with heat. "Where are Tex and Melody?" she asked out loud.

"Tex is out for a jog and Melody's still asleep—no surprise this early in the morning," Arden said. "I'm taking Melody into Lyons later and then we'll probably end up down in Denver. Would you like to come along after your morning at the kennel?"

Harper immediately felt Michael's and Kyle's eyes on her. She couldn't blame them. There was a big old bullseye on her back, and sending her out unprotected with Arden and Melody was probably not high on the list of Great Things to Do.

"I think I'll stay here. I'm only getting a break in the afternoon and Alex is going to show me how to do the evening feedings later anyway, and if you guys were planning on going to Denver, I'd cut your day short."

"Well, maybe just Lyons then for lunch?" Arden pressed. "I want to take Melody to Mojos. Mexican is her favorite. We could drop you off back here before we take off again."

Before Harper could answer, Kyle said, "You are remembering she's here under our watch?"

"Yes, Kyle, but she's not a prisoner. She'd be fine with us. Seriously, I know everyone in town and they're all gossips. You couldn't ask for better surveillance," Arden said with a laugh.

Harper shook her head. "I don't feel like a prisoner, I promise," she shot a glance over her shoulder at Kyle and Michael, "even though I think you guys are taking James' texts way too seriously." She looked back at Arden. "Thanks,

Arden, I appreciate the offer, but I'm sure Alex has a lot to show me in between."

That was only partially true—Alex told her in an email that he only needed her for part of the day and then in the evening. In between, he was continuing to teach some local police officers how to work with their dogs and she was welcome to stay and watch but it wasn't necessary. So at least Harper had a window of time where she wasn't needed in which she could try and sneak away.

The biggest issue would be Michael, Flint, and Tex. Hopefully, they would be busy examining her phone and her car and assume she was working with Alex all day. But she noticed Kyle's and Michael's looks of relief when she turned Arden down. "And Flint wants me to stay close, don't you?" she added, just to put him even more at ease. God, she felt awful doing it.

You're protecting him and your team.

Harper fought the urge to just come clean with Michael, Kyle, and Tex and tell them about her evidence-gathering against James. *No. The fewer people who know what I'm doing the better. My team at Brainwave would definitely be in more danger.* James had managed to compromise them all through his dirty dealings. Harper was their only shield, and she had no guarantee that she wouldn't be going to jail right alongside her ex. What if she told the guys and James found a way to compromise Watchdog, too? No, she couldn't involve Michael and the rest in this beyond giving her a safe place to stay for just a little longer, just until she had all the evidence she needed, which she hoped would be today. Then, she'd turn it over to the FBI and take her chances.

Flint rewarded her with a smile, and it felt like a stake in her heart.

"Well, if you're sure." Arden shrugged. "Oh! I was going to ask you though; I want to do something fun and special with

Melody and I was thinking maybe a spa treatment or something." She gestured at her hair up in a ponytail and plucked at her work shirt. "I'm not exactly a spa gal, so I don't know any good places. Can you make a recommendation?"

"High Plains Beauty Spa for sure. I used to go there because they don't have an attitude at all. They'll make you feel welcome. You *have* to get the hot stone massage."

"Perfect! Thank you."

She and Arden went out to the barn after that to start in on the chores while Kyle and Michael waited for Tex to get back from his run. Arden grilled her for details about the night before and Harper gave her just enough details to make her happy.

Just before Harper left for the kennels down the hill, Arden touched her arm.

"How worried are you about your ex?"

"I'm not," Harper said. "I mean, he's a son of a bitch, but James almost never got physical with me. He's more of a dirtbag who expects everyone around him to do his bidding."

"He had two men go through your apartment yesterday." Gone was Arden's easygoing nature from earlier.

"Again, he's just trying to make my life miserable. If he wanted to actually hurt me, he would have done it by now. Our divorce isn't final and if he were to hurt me outright, he knows I'd own everything." *At least that's what I kept telling myself up until yesterday. The sooner I've turned him in, the better.* She hoped her thoughts didn't show on her face. And they must not have, because Arden gave her a hug and wished her a good day after that.

"...Most puppies have to be fostered in homes within a two-hour drive of the base in San Antonio, but Watchdog was given a special dispensation for three dogs on a trial basis." Alex was talking and Harper had missed some of what he said so she tuned back in. "The puppies here live with

families in Lyons and Longmont but spend their days training here and getting used to a kennel."

"So that if they make it to Lackland, they'll already be acclimated?" she asked.

"Exactly. They need to both get used to people and to the rigors of a military dog's life. A balance between a social life and work." Alex called the dogs and Mac came running immediately with Champ on his heels. They started toward the kennels. "Speaking of, you can take a break for a couple hours if you want since I've got a class, but like I said, if you don't have any other plans, you're more than welcome to hang out and watch."

And that's not going to work for me. Harper thought fast. "I've been bad about not taking Ripple out for more than a trot around the pasture. Today since I have the time, I think I'm going to ride him around the area, give him a change in scenery."

Alex frowned as he opened the door for her. The dogs barged through. *Oh, God. Did they tell him I'm under watch?* Her heart sped up.

"Just watch out for the electric fences about two clicks to the west at the edge of the woods. They can come up quick and they aren't obvious."

Whew. "Thanks, I will."

"And let 'em know up at the front office you'll be riding around the property."

Crap. Harper smiled to cover her dismay. "A lot's changed up here since I first started boarding Ripple at Arden's. I had permission to ride through everyone's properties, and now I just need Kyle's."

Alex cocked an eyebrow and cleared his throat. If he was about to say anything it went out of his head when the front door opened and three people walked in—two men and a woman, dressed in officer uniforms and leading three dogs.

"Can you—" Before he'd finished speaking, Harper had already scooped up Champ and started walking toward the pens.

"Thanks," he said absently, all his attention on the officers—especially the woman, Harper couldn't help but notice. *Good.* His distraction would work in her favor. She settled Champ into his pen and checked on the other dogs kenneled for the day. Camo's pen was empty and Baby wasn't there either, which probably meant they with Kyle and Tex since Arden and Melody were out. That might be a problem. So long as Kyle and Tex didn't decide to bring the dogs down for some exercise, she was okay, but if they did and asked Alex about her while she was gone, she was busted.

Just have to cross my fingers and pray that doesn't happen.

Unless....

Duh. The answer was right there. Harper shook her head, frustrated with herself. The constant anxiety and stress were taking their toll on her brain.

Harper slipped out the front while class was in session in the yard with the doggie obstacle courses. She jogged to the safehouse and put on her riding gear. Now she wouldn't be lying about riding Ripple. He was her ticket to the road and a waiting Uber. She used the landline in the house to call the front office to let them know she'd be riding around the property, then headed for the ranch.

Half an hour later, Harper had Ripple stabled in an open-sided shed with plenty of hay and water. The shed was near the main road. It had belonged to Ellie Sanders back when she owned the land closest to the road and Harper had used the shed more than once to give Ripple a little break between Lyons and the trek back up the hill to Arden's ranch. With any luck, Harper would be back in just over an hour, and then she'd ride Ripple around a little more—heck, she'd go right past the front office and give a friendly wave—then

stable him and be ready for her second shift at the kennel with no one the wiser.

Fingers crossed.

Harper took her second phone out of the lining in her bag and checked for messages from her team. Nothing, which meant the meeting was still on. A quick walk to the road and only a five-minute wait for an Uber—luck was on her side—and she was on her way to what she hoped would be her final clandestine meeting with her team.

After that, she'd take her chances with the FBI or CIA and hope they wouldn't turn her over to the police for the same crime James was guilty of—corporate espionage and stealing government secrets.

Fifteen years was a long time to spend in jail.

Her night with Michael weighed heavily on her mind. Even if she kept him clear of this mess, it wasn't fair to tie him to her if she was looking at prison time.

Then I just have to bargain like hell to make sure I don't end up in prison.

CHAPTER 15

Flint and Tex leaned over Harper's growing number of phone parts spread out on the conference table in the computer lab. The phone's original schematics were printed out and Flint and Tex were doing the tedious work of matching each part to the diagram.

"This is worse than finding a needle in a haystack," Flint said as he matched a piece Tex had just tweezered out.

"Your idea, son," Tex said.

"Remind me to never have another idea again."

Tex grinned. "You're the demolitions wonder kid, ain't that right? Let's switch. You tweezer and I'll match parts." He removed his jeweler's magnifying glasses and offered them to Flint.

This was the moment Flint had been dreading. He couldn't trust his hand not to tremble. What would Tex say? He couldn't help but notice it, working so closely together. At least Kyle was nowhere in sight. His eyes had damn near rolled back in his head out of boredom about five minutes into the project and he told them he needed to do his rounds.

"Can't help but see you hesitate, son."

Fuck. "It's…I'm not—"

"Couldn't help but see your hand tremor yesterday, either, and how you covered it. You wanna talk about it?" Tex set the glasses aside.

Busted. He could lie, blow it off, tell Tex it was low blood sugar like he'd told Harper last night. And just keep running from his problems. Be the idiot boy he once was.

No. That kid was long gone. Forged into a man who ran toward danger, not away from it.

Flint took a deep breath. "When my dad was in his early forties, he woke up one morning to his hand twitching. He thought maybe he'd slept on his arm wrong, you know how it can go to sleep?"

Tex nodded.

"He shook his hand out and it stopped. He was fine. It didn't come back for a while. But it did come back. Again and again. I was a kid and I'd watch him get frustrated, watch him try and keep it hidden from me. From everybody else. Finally, my mom insisted he go see the doctor about it. It took a while but they finally diagnosed him with young-onset Parkinson's."

Tex shook his head and blew out a breath. "Real sorry to hear that." He nodded toward Flint's hand. "That what you got?"

"I…don't know. I haven't been to a doctor yet." Flint gritted his teeth. "Medication helped my dad for a little while, then didn't. I watched my dad get worse and worse. The tremors spread and became constant. He got dementia, too. The worst though? Watching what my mom went through trying to take care of him. Watching her lose her husband little by little. She fucking adored my dad. She wouldn't let anyone else take care of him or put him into a home, right up until she absolutely couldn't do it anymore."

"Now I know where you get your strength."

Flint nodded. "I helped her as much as I could, as much as she'd let me. But she wanted me to go on to college and that meant I had to focus on school and football. They both wanted me to succeed." God, this was hard to talk about. "It went faster than expected. We lost him while I was in college."

"That's a hard blow, son. That's a point where a young man needs his father's guidance."

"So, I guess I want to put off the diagnosis as long as possible."

Tex leaned forward. He pressed his lips together. "Kyle doesn't know, does he?"

"No, sir. It's not that I want to lie to him. He's my brother. But." Flint shook his head.

"You trust him?"

"With my fucking life. He's proven he's got my back time and time again."

"Then trust he'll have your back on this, whatever the outcome." Tex moved his leg out from under the table. "You notice this?" He tapped his prosthetic under his pant leg.

"Of course."

"You think I was fine with this? Fine with giving up being a SEAL?"

"No, sir."

"Damn straight I wasn't. Those first hours I was awake after they removed my leg were sheer hell. Thought my life was over. That I was useless. That my brothers would look at me with pity. That they'd see a broken man. And no woman would ever want me again. I was wrong. It took hard work and a new mindset, but I came back. Came back stronger than I ever was. I found my worth. Found out that I'd never lost it."

"But you still have your mind, Tex. I'm looking at losing

that, too. That was the worst, the hardest part to watch." *To live through*. So he'd drowned his pain in alcohol.

"Son," Tex's voice was firm, a commander's voice. "Would you ever go into an op blind? Just engage with an enemy you knew nothing about?"

Flint frowned. "No, of course not."

"Not if it could be helped, am I right?"

Flint nodded as he stared at the phone parts. "Yeah. I know what you're saying."

"You gonna make that appointment?"

"Yeah. But can you do me a solid?"

"You want me to keep my mouth shut."

Flint grimaced. "I want to tell Kyle myself. Once I know for sure."

"And your woman? When you gonna tell her?" Tex held up his hand when Flint started to protest. "Do not insult my intelligence and tell me she's not your woman. I saw how y'all looked at each other after I got back from my run this morning. Saw it last night too. You're smitten."

"We were. Back in college."

"Don't give me that 'were' bullshit. A woman looks at you like that, you owe her the truth."

Goddamn. Yeah, he did. He needed to tell Harper what she was in for if she decided to stick with him. And then let her decide, and find a way to be at peace with her choice. He didn't know which would hurt more—her leaving him, or being strong enough to stay with him the way his mom had stayed with his dad.

"It's her choice to make," Tex said.

Flint grinned. "Add mind reader to your list of skills, Tex."

Tex rolled his eyes. "No mind reading about it, when you've seen it a hundred times."

"I'll tell her tonight."

Tex clasped Flint's arm. "Good to hear it. And make that appointment. You still don't know what you're dealing with."

"I'll do that. Thanks, Tex."

Tex turned back to the table. He cracked his knuckles. "You want to give it try for a while? Switch back if and when Kyle gets back?"

No. "Yeah, okay. But if I get too shaky, I won't be doing anyone any good."

"Let's just see how far you get."

~

Flint put on the jeweler's magnifying glasses. He picked up the tweezers and bent his head over the phone. He used to love this detailed work, loved the contrast between the adrenaline rush and the absolute calm and concentration it took to dismantle a bomb, even in practice. Now his nerves wouldn't let him get to that island of focused-induced tranquility. He took a deep breath and tweezed out a chip. No tremor—so far, so good. He set the chip to the side for Tex to match up and went in for another piece. That one went well too. So did the next as he found that island of calm. Yeah, as long as he could stay there, his hand kept still, completely under his control.

But becoming aware of it was just enough to knock him back out of the zone. On the next attempt, his hand shook as he got close to the next chip. "Fuck it," he swore under his breath.

"Time for a break?" Tex asked.

"Just for my hand," Flint muttered. If Tex had to retool after losing his leg, so did Flint. This was too important to let it defeat him.

Flint set the tweezers down and glanced at the schematic. Tex had laid out the three chips he'd just removed and

marked them on the schematic. He glanced back at the motherboard. He cleared his mind and took in the whole. Yeah, something was different. The wiring was a different configuration. He followed his instincts and picked out a lead.

"I think I found something, Tex."

The big man leaned in and then shook his head and chuckled. "As if I could see without the glasses."

"Yeah, this doesn't match up with the schematics." Flint took the glasses off just to be sure as he looked at the print-out. Nope, it was different. "Yeah. I'm going to take a picture of it through the glasses before I start prodding around. You want to shoot Kyle a text, get him back here?"

"On it." No sooner had Tex sent the message than Kyle was at the conference room door. "Hey, good timing. I just got back from the kennels. Alex said Harper took off to go riding around the property about an hour ago."

His phone rang and he held up a finger. "One sec, it's Arden." While Flint took pictures of the suspect chip, Kyle put the phone to his ear. "Hey, babe, having fun?" He paused. "Oh, yeah, what was it called? Oh, I think she said it was the High Plains Beauty Spa." He paused again. "Right. Yeah, hope you guys get in. Just let me know where you're at and when." He chuckled and Flint couldn't help but notice the color rise up his brother's neck. "If I was alone, I'd give you a proper answer to that." He grinned. "Love you too, babe. See you later. Keep in touch. Affirmative, I'll tell him for her. Bye."

He shoved his phone into his pocket. "Arden and Melody are hitting the spa later if there's a couple of openings. And I'm obliged to tell you, Tex, that Melody loves you and you'd better tell her she looks gorgeous when she gets back."

Tex snorted. "That woman could roll around in a pigsty and I'd tell her she was gorgeous because she would be."

Kyle grabbed an empty chair and sat down. "You computer nerds find something?"

"That's computer geeks to you, Pup," Tex said.

"Yeah, brother," Flint said. "The motherboard's definitely been tampered with. There's this whole corner that's been rerouted. I haven't tried to remove one of the chips there because I want to examine it in place first and make sure it's the one, and I want you to confirm my findings, Tex."

Flint checked the schematic one more time and put the magnifying glasses back on. Sure enough, now that he knew where to look, one chip stood out from the others. Was it… could it be made of glass, tinted to camouflage it? Damn. He'd never seen anything like that. Why would you need that in a phone?

The answer was, you didn't.

He backtracked the pathways around it. "Looks like it's got access to the camera, mic…fuck. And what was that other thing it was connected to…" *Fuck...that can't be right. Shit.*

Flint whipped off the glasses. He stood up and silently gestured to the conference room door. The other two men followed him out and Kyle closed the door behind them.

"There's a good chance that little fucker has been listening to us."

Tex frowned. "How? We've had the battery out."

"It's not just a chip that's different. That thing's got its own little secondary battery system. Not sure if it still has juice because it's fucking microscopic but I'm not taking a chance right now."

"Son of a bitch," Tex said. "That's not our tech."

"Not our tech?" Kyle asked.

Flint shook his head. "Not American tech. Not anything I've seen or heard of. And Tex, you'd know more about it."

"Yeah. That's not something I've heard about. I want to

take a peek at the chip. See if it's got a connection to the wi-fi, if it's been broadcasting or just storing."

Kyle looked back and forth between the two men. "So we're dealing with corporate espionage?"

"Yeah, some international shit, most likely," Flint said. "Someone's gonna be in big trouble."

"Forward those photos you just took, Flint. I want to send them on to some friends," Tex said. "They'd know for sure if our guys are developing this or if it's stolen."

"Would make sense that it was stolen, and that…." Flint stopped. *Shit*. How much of this did Harper actually know? *Fuck, fuck, fuck*. "Those guys ransacking Harper's apartment. That's not a coincidence. What the hell was James looking for?"

Both Kyle and Tex looked at Flint. "How much do you trust Harper, brother?" Kyle asked. "I mean, I know it's been ten years, but—"

"No fucking way she'd ever, *ever,* steal another company's or county's secrets. She wouldn't even cheat on a damn boardgame when everyone else did. That's not Harper."

Kyle raised his hands, palms out. "Okay yeah, Arden trusts her, too. I don't think she'd do that. But, how much do you think she knows about James stealing secrets?"

"Been getting the sense she was hiding something since I met her yesterday," Tex added.

Flint closed his eyes and went to the island of calm. He imagined Harper's life events laying themselves out like puzzle pieces—no—like computer chips, like components to a damn ticking bomb.

Harper graduating from her post-college program, going to work in a lab in a department connected to the school, that same department later spun off and sold as a company to James Hargrave. Where did the money from the sale go?

To a member of the Board of Trustees, perhaps? A man with the last name of Marling?

That was a stretch, and Flint was biased...but.

He examined another part of her life. Harper working with her team, her husband owning the company along with others. Always acquiring new companies, draining some to benefit others....

Harper miserable in her marriage for years but loyal, always loyal to her vow. What changed? She found out about the espionage, or suspected it. That wouldn't stand, not with her. She'd consider the terms of her loyalty null and void. That's when she filed for divorce.

But Harper wouldn't stop there. She wouldn't, would she? She'd want to...bring down James Hargrave.

"She's got evidence against him," Flint heard Tex say. He opened his eyes. Had he been speaking aloud while he thought? Apparently so.

"That's what they were looking for in her apartment," Flint said. He pointed down the hall to the computer lab. "They said the apartment complex changed management two months ago, but ten to one, Hargrave bought her building the minute she moved into it. Probably out of spite, just to make sure he could fuck with her later, but it came in handy, didn't it? Let's check that out, see if he did." They headed to the lab.

As they passed the security screen room Kyle leaned in and said to a couple other guys watching screens, "One of you make sure no one goes in the conference room or even opens the door to it, got it?"

"Got it, boss," one guy answered as he got out of his chair to go stand guard.

Tex sat down at a computer. "Where does she live?" Flint told him the apartment complex name. Tex pulled out his phone and hit dial. "Gina, it's Tex. Yeah, the ranch is as beau-

tiful as you said it was. Listen, you got Hargrave's shell companies all worked out yet? Beautiful. I'll check now. Yeah, we're onto a rat so standby." Tex hit the speaker button and set his phone down. "You're on speaker and I've got Kyle and Michael Flint Gray here with me now."

"Nice to finally meet you, Flint," Gina's voice came through the phone. "And I see you're already digging up some bones out there, Pup?"

"Affirmative, Gina. Just can't help it."

"Tex, you got that document with the companies yet?" she asked. "Good stuff. We couldn't have strung them together without that hack into the bank account."

"Got it, Gina." Tex tapped away at the keys and a few minutes later, he had the information. "Yup. Apartment ownership's under one of his shell companies. He didn't buy it the minute she moved in, but pretty damn close."

"So he's had it for a while, hasn't made a move, and now this," Flint said. *Fuck*. "She's got something on him and he's only now figured it out."

Kyle said, "Or he's always suspected she did, or would eventually, and now she actually does and he's making his move."

Flint's blood grew cold. "She's playing her endgame." He looked at Kyle. "Does she know what we do here? I mean, *really* do here?"

Kyle's eyes widened. "No. I only hired her temporarily until she could get out from under being blackballed or figure out what she was going to do with her life. I figured it was a need-to-know basis, that I was protecting her—protecting us all—by letting her think we only did bodyguard services and trained service dogs."

Oh, God. "She's playing her endgame without knowing all the pieces she has at her disposal. She thinks she's in this

alone, and knowing Harper, she's going to sacrifice herself to protect everyone around her."

Kyle looked from Tex to the phone with Gina still on speaker. "I fucked up. Forgive me." He looked at Flint. "We need to find her and talk to her, now." Kyle stormed from the room back to the security monitors. "Do you have a visual of Harper Marling horseback riding?" he asked the guy sitting there.

"Not for the past hour that I've seen. You want me to find her?"

"Right now. Go back through the feed until you do."

"Last I saw she was heading down the hill." He rewound some footage and Flint watched the timestamp flip back and back to almost two hours ago. "There." Harper came into view on her horse, looking for all the world like she was taking a leisurely ride with not a care in the world. Until you looked closely at her face and saw the fear and strain.

"Yeah, she's headed down the hill toward the road. You sure there's no footage of her heading back up?" Kyle asked.

"No, sir, not that we've captured."

"Give me a visual inside the horse barn."

He pointed to a different screen. "That's live."

One stall was empty. Flint didn't have to guess whose horse belonged in it.

Kyle shook his head. "She's either still out riding out of view, or—"

"She's in the wind." Flint didn't need confirmation. He shot out the door.

CHAPTER 16

Harper got out of her Uber and walked across the parking lot to the shared office spaces. Jessica, her second-in-command, had rented a private office space for the day, like she had twice before when Harper needed to meet with her team. Each time was in a different building around the Denver area, and luckily, this one was far enough north that she wouldn't be gone too long from the ranch, but she'd already used up twenty minutes just getting there.

"Hey, Jess," she said as she walked into the room. "You're alone?" Usually, at least two members of her team of five showed up for safety but Jessica sat alone in front of her laptop at the otherwise empty desk.

"Yes, it's just me today." Jessica looked nervous, which was unusual. Out of all her friends, Jess was the most drama-free. Nothing ever seemed to rattle her. Harper always suspected her of being a bit Aspie. "James came to the lab this morning with the excuse of looking over the building renovations. We figured he was just looking in on us. I volunteered to sneak out alone."

"You left your regular phone there, right?"

Jess tilted her head. "Of course. I gave it to Sally to carry to the bathroom and the break room a couple of times so it looks like I'm there, per protocol."

Of course she did. Though Harper was the only one who ever got the disappearing texts, they couldn't be sure James didn't have everyone's phones compromised. "Perfect. So, please tell me we have gold."

Jess smiled. "We have gold. Let me show you."

Harper pulled up a chair and looked at Jessica's laptop screen. Jess queued up an audio file and hit play. For the next five minutes, the smile on Harper's face spread nearly ear to ear. There James was plain as day, making a deal with a foreign scientist to receive a prototype for a computer chip in exchange for half a million dollars dropped into a Cayman Island account.

"We've got him dead to rights," Harper said when the recording ended. But Jessica wasn't smiling. If anything, she looked even more worried. "What's wrong?"

"That's the good recording. Here's the bad recording." Jessica queued up a second file, hit play, and put her hand on Harper's shoulder, a totally uncharacteristic move.

But a move that Harper appreciated within the next minute. This time, Harper heard her own voice talking to a different person. "That's Dr. Yamato, but I don't ever remember calling him," Harper murmured to herself. His lab was in Tokyo and she'd talked with him from time to time at various medical conferences but never outside of that. Then her heart dropped when she heard herself say that she and Dr. Yamato been caught.

"James knows we've been trading information," she heard herself say. "He's looking into the legal ramifications now. It's why I'm divorcing him and he forced me out of the lab."

"What?" Harper felt sick to her stomach. "I never...what is this?"

Jessica squeezed her shoulder and rewound the recording the few seconds that Harper missed. Dr. Yamato was stammering out a response, then an apology, then begging her to stop James from exposing them. 'Harper' talked about dropping a considerable amount of money into an offshore account after she'd received a series of emails from Dr. Yamato at the lab.

"That never happened! This isn't me." Tears sprang into her eyes.

'Harper' went on. "He's gathering more evidence against us and I think he knows about the account. I respect your work, Doctor, you do a lot of good for a lot of people and I'd hate for anyone to suffer because I made some bad decisions. Maybe I can convince him to drop everything, or at least leave your name out of it if you offer a testimony that you were sending information just to me and my team, that I'm your point of contact, not James."

The recording abruptly cut off there. By now, tears were streaming down Harper's cheeks.

Jessica put her arm around Harper's shoulders. "We know you'd never, ever do that. He's setting you up. This is all fake."

"But Dr. Yamato was sending information to *someone* at the lab, obviously. Somebody who he thought was me." Harper covered her mouth. "Oh my God, we have a mole."

"And we're trying to find out what information Dr. Yamato sent, who he was sending it to, and where it is now. James is setting us *all* up. If we inadvertently worked with any of that research, we'll all look guilty."

Harper wiped her cheeks. "That's why I'm keeping all your names out of it." She smiled ruefully. "James just inadvertently helped me with that."

"Harper, you can't be serious. There is no way we'll let you take the fall. You didn't do this. *We* didn't do anything wrong."

"They may not see it that way." She took the thumb drive out of her bra and plugged it into the laptop. A window popped up showing two other documents already on the drive that pointed to James embezzling money. Maybe she could link some of those funds to Dr. Yamato. All she could do was claim that the voice in the recording was faked. She was scared and running out of ideas. Harper dragged and dropped both audio files onto the drive and pulled it back out. "Jessica, thank you so much. Tell the rest of the team how grateful I am."

"We know, Harper. We're worried about you. We're going to keep looking. How close are you to coming forward?"

"I probably could have done it today or tomorrow except for this. God, I don't know."

Jessica glanced up at the clock on the wall. "It's almost four. I need to get back before I'm missed and you need to get out of here."

They stood up and Jessica hugged her. "Sorry if the hugging is inappropriate, boss, but you look so sad."

Harper grinned. "Not at all, Jess. Thank you." She wiped her eyes one more time. "You go out first and I'll leave five minutes after."

"Be careful and good luck." Jessica left the office.

Harper sank back down into her chair, her legs feeling like jelly, her heart pounding. This nightmare was supposed to end today, dammit. That first recording was a smoking gun, especially with the financial information she already had. But if James made this fake recording...God, he could have been using her voice to trick Dr. Yamato for months. *Who knows if he's used it for other contacts.* Did James create manipulated video of her too? How good was the technology? Harper's head spun. Her expertise was the human brain, not DeepFake technology.

But maybe Tex and Flint would know people who could

help. She hated that they were already up to their necks in it if anything showed up on her phone or her car.

Harper buried her face in her hands. "I never wanted to involve them."

She had no choice. Time to go back to the ranch and come clean. "I only hope they believe me."

~

"You can let me out here, thanks," Harper said as her Uber approached the turnoff leading to Watchdog. She prayed that they didn't know she was gone, because how would that look? *Yeah, I'm totally trustworthy even though I lied to you all about what I was doing today.*

Harper waited for the Uber to turn around and head back toward Longmont before she ducked into the trees and headed for the shed where she'd left Ripple. As she approached, she heard her horse nicker. She pulled an extra apple she'd snagged earlier out of her purse to make it up to her horse. "Coming, baby," she called out as she approached the back of the shed.

Michael stepped around the corner, startling her badly enough that she dropped the apple and covered her heart. She stopped in her tracks and he broke into a run.

"I'm sorry, Michael. I can explain—"

He grabbed her up into his arms and kissed her hard. "Fuck, I was so worried." He set her down again and brushed her hair back, his brown eyes full of concern and worry as they gazed into hers. She wrapped her arms around him again and tried not to cry. He was the only solid object in the universe and she never wanted to let go.

He stroked her hair. "Deep breaths, Bird," he said, soothing her. "Let's go see to your horse and you can tell me what's going on." He was using that calming tone, the same

one he'd used with her the day before. She picked up the apple and he walked her back to the shed where Ripple waited. While they walked, Michael texted back and forth with someone; she suspected Kyle.

When they got to the shed, she asked, "How did you know where I'd be?" Probably a dumb question, but she couldn't talk about what was happening quite yet.

"Last video footage showed you riding Ripple down the hill. I had a feeling you were headed for the road so I started there and backtracked your trail to the shed. Ripple let me know exactly where he was when I got closer."

"Sure, of course you saw my trail. To you, it probably looked like an elephant tromped through." She held out the apple for Ripple who quickly forgave her.

Michael chuckled. "Something like that."

Harper stroked her horse's nose, unable to say what she needed to. The minute she opened her mouth, she'd put Michael at risk.

He took her hand in his. "Harper. Do you remember that we played Horse with a partner? You couldn't see your partner's cards, so you had to give them blind trust and hope that they followed your lead. You need to trust me now, and know that I have your back."

She blinked back tears again. God, she hadn't cried this much since she was living with James. "Do you trust *me*?" she whispered. "Because you're going to need to trust me, too."

"I trust you, Bird. You have my whole heart, and I love you."

Oh, God. "I love you too. That's why there are things I can't tell you, because I'll put you in danger."

"No, you won't. Here, let's get Ripple untied and head for the main office. They're waiting for us. We need to hurry now."

"How long were you waiting for me here?"

"Only about fifteen minutes. Then I needed to get you calm. But time is of the essence."

Dread filled her, turning her stomach to lead. "What did you guys find?"

"We'll talk, Harp. There's a lot we should have told you and that's on us." He put his arm around her again as she led Ripple through the trees. The office soon came into view in an open space along the road past the trees. Alex was waiting outside and started toward them. *What will he think of me lying to him?*

"Alex, I'm sorry I lied," Harper said as she hung her head.

He smiled. "Hey, you did go horseback riding, so we'll call it a fib, okay?" He reached for Ripple's bridle. "I'll take him up to the ranch for you."

"Thank you."

He and Michael exchanged nods and Michel led her into the building to a back office where Kyle and Tex were waiting. She couldn't even meet Tex's eyes. *God, how many times am I going to have to say I'm sorry today?*

Before she could speak, Kyle smiled and said, "Glad you're safe, Harper. And I want to tell you that I'm sorry."

"That's my line," she said as Michael pulled out a seat for her at a round conference table and sat beside her. The second she sat down, a furry head emerged from under the table and Camo plopped his muzzle into her lap.

Kyle's face flushed red. "When I hired you, it was for a temp position, so I didn't bother to tell you the full extent of Watchdog's business. I thought I was protecting everyone by keeping my mouth shut and that was a tactical error, but an error nonetheless. I should have corrected it the minute I realized you were in trouble."

Kyle just confused her. "I don't understand what that has to do with me."

Michael put his arm around her. "It's like I told you in the

woods. We're about to trust you with some information in the hopes that you'll trust us back. We're gonna be partners here in the game, Harp."

She nodded, still not understanding. "You can trust me."

Kyle leaned forward. "You know we offer security and that we train dogs for all sorts of services. That's legit, but it's also our cover. We are from time to time called on to run special operations."

"Special operations? I don't know what that is."

"For the government, Harp," Michael said. "We help keep the country safe from the inside."

"Wait, like, covert things?" Her heart skipped a beat. "You're CIA?" Her gaze traveled from face to face.

"Not CIA or any of the other letters," Tex said. "But we work with them when they need us. They give us information and we provide other services they may need."

"And sometimes we're the ones providing the information," Michael said. "Do you know what I'm saying?"

Harper nodded. "And you're wondering if I have information on James."

"We're a little past the wondering stage, ma'am," Tex said gently.

Harper squeezed her eyes shut. She absently petted Camo.

"You're safe now, Harp," Michael whispered. "We're here to help you. We know people who can protect you even beyond where we can go. Legal protection. We found some crazy shit today and if you know anything about it, you need to tell us now. We need your help, too."

"And you can talk to the CIA for me?"

"Already done," Tex said. "We've left your name out so far, but that's gonna change."

"Yeah, it will. Especially after I show you this. Um, excuse me." Harper swiveled her office chair around and away from

the table. She quickly dipped into her bra and pulled out the thumb drive. Her face was beet-red when she turned back around and set it on the table. To their credit, none of them so much as cracked a smile.

"This is what they were looking for at my apartment. You're going to find four files on there, two of them are audio recordings. One is James talking to someone about acquiring a computer chip prototype—"

"Bingo," Kyle said, a huge grin spreading across his face.

"Is that what you found in my phone?"

"Sure is, Bird," Michael said. "When we went back into the phone to try and remove it, the damn thing was made of glass and it self-destructed. But I bet we'll find another one in your car, won't we?"

Wow. So that's how he did it. Harper nodded. "Yeah. Look, it's stupid, but yesterday, when I covered the screen? He'd gotten it to somehow say *bitch*. I was, I didn't—"

"It's okay Bird, don't be embarrassed. He's an idiot. We've got him dead to rights."

"You can trace the money, too," Harper said. "He talks about a Cayman Island bank account in the audio. There are two other documents in there detailing sketchy money transfers."

"Perfect," Tex said. "Shouldn't be hard to trace back."

Harper bit the insides of her cheeks. "Now, there's the matter of the other audio file." She swallowed. "Can you tell if something's been faked?"

Tex nodded. "Easy as pie."

"What's been faked, Harp?" Michael rubbed her shoulders.

Harper took a moment as relief flooded through her. "My voice. He somehow used my voice to fool a doctor I know into exchanging information, and then told him the jig was

up and he needed Dr. Yamato to say I was the only point of contact."

"To set you up," Kyle said.

Harper nodded. "I swear, it's not me."

Tex swiped the thumb drive off the table. "DeepFakes are getting pretty damn good but I still have ways of spotting them." He stood up. "I'm gonna go get started on this pronto, Kyle."

"Perfect." Kyle pulled out a business card and handed it to Harper. It was from the Watchdog agency in Los Angeles. "This is Gina Smith's card. She has ties with the CIA and the FBI and she already knows some of what we've found. I'm going to tell her the additional info's coming from you." Kyle rolled his eyes. "As if she doesn't already know that. You're gonna be safe now, okay? They're gonna work with you. You will not be going to prison, got it? James will. We've got the physical evidence and now the paper trail."

"Fucking asshole got too cocky," Michael said. "Thought he could use his new toys to fuck with you."

"He's always thought he was the smartest guy in the room," Harper said.

"Big mistake." Michael gave her a squeeze. "Now, you're staying here until we get this straightened out, okay? No more sneaking away."

Harper nodded and turned to Kyle. "My team needs protection. Can you guarantee that?"

"Give me their names and they'll have it."

"Thank you. Are Arden and Melody here?"

Kyle shook his head. "Still at the spa. Tex confirmed it—he has some way of tracking Melody. They're not answering their phones so they're probably getting a massage or some damn thing. We left messages saying to stay put. Now that I've talked to you, I'm gonna head out to escort them back."

Harper took a deep breath. She was going to be okay. The nightmare was almost over.

Piano notes suddenly filled the room as "Linus and Lucy" from *A Charlie Brown Christmas* started playing. Kyle chuckled as he pulled out his phone. "That's Arden. Our little joke." He smiled as he said, "Babe, you got my messa—"

His face froze in horror. He put the phone on speaker. Camo lifted his head off Harper's lap as soon as he heard the voice at the other end.

"—phones weren't working. We're in the back of a cargo van going fast. I smell pot and dog food so I think we're on I-25 in Commerce City near the dog food plant and grow houses." Arden's voice was low and whispery. "Gotta go, he's—"

The connection dropped.

"*Fuck!*" Kyle roared. "Tex!" All three stood up and tore down the hall, Camo alongside them. Tex met them in a doorway. "What?"

"Where does Melody's tracker say she is?"

"Fuck." Tex grabbed his phone. "Says she's at the spa. What the fuck's going on?"

"Arden just called and said they were in the back of a van, smelled like Commerce City."

"James owns a warehouse in Commerce City," Harper said. "I can give you the address."

Tex shook his head. "She never takes off that necklace, *never*. Even if they went in a hot tub, that necklace would be on."

"Necklace?" Harper asked.

"It's how I track her. Something's not adding up," he said as he tried calling Melody.

Kyle started dialing. "I'm calling the spa now."

"She's still not picking up," Tex said, his knuckles white from gripping his phone.

"The spa phone goes straight to some generic fucking voicemail," Kyle growled. "He's fucked with the spa's phones too, somehow."

"Wait. You think he's spoofing Arden's voice?" Michael asked.

Harper's hands shook. "He could have gotten a dozen voice samples off old voicemails to me."

"But if he does have them in a van—" Michael said.

"Could be either scenario. They could be getting pedicures and fucking oblivious to everything, or they could be speeding down the road to a fucking warehouse for God knows what." Kyle ran his hand through his hair and pulled.

"We need to cover both scenarios, now," Tex growled.

"Harp, give Kyle the warehouse address," Michael said. "You two go check that out and I'll head for the spa."

"The warehouse is three blocks past Colorado on Fifty-Second," Harper told Kyle.

"Got it." He looked at Michael. "Flint, Brock's still here. Take him with you and catch him up. You need someone watching your six."

"On it." Michael grabbed Harper by the shoulders and looked deeply into her eyes. "I need to know you're safe. Do. Not. Leave. If James gets in touch with you, let one of us know immediately, because that's probably that bastard's next move."

Harper nodded. "I'll let you know."

He gave her a fast, hard kiss and then sprinted down the hall.

CHAPTER 17

Spoofed, spoofed, spoofed, please God let Arden's voice be spoofed and not her. Kyle gripped the SUV's steering wheel as he turned onto 52nd and started watching for warehouses and windowless vans—another needle in a haystack in this neighborhood. *And if that really was her, then let me be the one to kill the motherfucker who took her.*

Tex glanced at him from the passenger seat. "I'm as pissed as you, Pup, but your rage is not going to help them if we wreck this SUV."

He was right, but dammit, how could he sound so calm? Kyle eased off the speed. They were close enough to the address that he needed to be careful anyway.

Tex looked back down at his phone. "I'm thinking more and more this is a wild goose chase. Melody would sooner remove her own head than take that necklace off and let me lose track of her. And this here says she's still at that spa."

"That was Arden's voice, Tex, I know it. She sounded fucking terrified."

There it was up on the left—James' warehouse. Kyle drove past, went around the block, turned up the alley

behind the warehouse, and there it was—a plain white work van parked in the lot behind the warehouse. Kyle parked half a block down the alley. "That was the van."

"That was *a* van," Tex answered. All the same, he checked his gun and slipped out of the SUV. Kyle went around the back and let Camo out. The dog strained against his leash. He had Arden's scent and was eager to track his mama down.

Tex met Kyle at the front of the vehicle and they walked toward the work van behind the warehouse, sticking to the early evening shadows. The loading dock was open and a couple of guys were smoking cigarettes and talking. They seemed too relaxed to be standing guard. Kyle and Tex stopped just out of view and looked for anyone else who might be hiding. But Kyle's sixth sense wasn't tingling, and Camo was panting and at ease. If he'd caught the faintest whiff of Arden, he would have been on high-alert, dog food smell in the air be damned.

"Clear. Let's walk past the van and see if ol' Camo smells his mama." Tex motioned Kyle forward. Camo trotted ahead on his leash, alert to any whiff of Arden or Melody. The dog walked right on past without so much as a glance at the van or the open loading dock bay.

"They aren't here." Tex's voice was barely a breath.

Kyle had to agree. It was looking like they'd been set up. "Flint and Brock should be at the spa any minute. Let's walk around the block past the front. Hell, let's go in, just in case that wasn't the van."

As they approached the front door, Camo gave no indication that either woman was there. Tex held the door open for Kyle and Camo. A woman at the front desk just inside looked up.

"We're closed, guys. You lookin' for work, check us out online." She reached for a business card from a holder on the desk and held it out.

"Thank you." Tex took the card while Kyle smiled and Camo panted, unfazed. They turned around and left.

"We've been lured away," Kyle said outside the door. His blood boiled and his worry turned to Harper.

"Fuck yeah, we have."

Both their phones went off almost simultaneously. Brock's number showed up on Kyle's phone and he would bet a steak dinner Flint's number was on Tex's screen.

"Babe?" Kyle answered.

"So do you call Brock, babe, too?" Arden answered.

"Fuck, baby, I'm so glad to hear your voice. You okay?"

"We're fine, my love." Her voice echoed; Kyle assumed she was in a parking garage. "We had no idea anything was going on until Flint and Brock pretty much burst in demanding to know if we were here." In the background, Kyle could hear Melody's voice as she talked to Tex next to him.

Arden continued. "Nobody's phone was working in the spa and we figured it was a local outage. Weird, because Flint and Brock's work just fine, obviously. We're headed to my car and then back to the ranch now. Flint says you're at a warehouse in Commerce City?"

"Yeah. We'll fill you in when we get there. Flint and Brock following you back in their SUV?"

"Of course."

"Good deal."

"Is Harper okay?" Arden asked.

"She's safe at the ranch with orders to stay put."

"Good. We're at the car now, so I'm going to give Brock back his phone. See you soon. Love you."

"Love you too, babe."

Tex had just finished up his conversation with Melody when they turned into the alley. At first glance, the SUV looked wrong. Both Kyle and Tex stopped.

"Son of a bitch," Kyle swore.

The SUV sat on its rims. All four tires had been slashed.

Camo's ears perked up. He growled a moment before Kyle heard a noise behind them. Footsteps and the unmistakable clicking sound of a dog's nails on pavement.

They turned in time to catch two guys who looked like they were in their early twenties coming up the alley, a huge mutt on the end of a chain straining ahead of them. The beast looked like a cross between a pit bull and a Rottweiler by way of a timber wolf. The guys looked like a couple of your typical thugs who thought they were badass because they knew how to torture a dog into fighting.

Camo's hackles rose. Kyle gave him the command to stand down. The dog had seen combat, true, but never against another dog. And he'd been retired when he refused to do his job after seeing too much of that combat. Kyle had no doubt Camo would give his life to protect his master, but Kyle would be damned if it came to that—not here, not now, not ever. And the other dog didn't deserve what Camo could do to him if forced into a corner. The men, however, *would* deserve it.

"Looks like you got some car trouble," the guy holding the chain said. His friend snickered and snapped the gum he was chewing.

"S'pose y'all are gonna say you know something about it," Tex drawled. "Probably even be big men and show us the knives you used."

The gum-snapper laughed and nudged his buddy with his elbow. "He wants to see the knives."

"Shut up, Pete." The dog 'owner' lifted his chin at Camo. "That a Lab? He ain't got no chance against my monster."

Fuck. Kyle would happily shoot both of these pricks and end this bullshit here and now—and he figured Tex would too—but the dog complicated things. "We're not gonna find out. I don't pit innocent dogs against each other."

That made the asshole laugh. "He ain't innocent. Are you?" Then he kicked the dog, who yelped and snarled. Camo huffed in response, still obeying Kyle but ready to engage.

"Naw he ain't innocent." The asshole let some of the chain slip through his hand before clamping down again and laughing as the dog inched forward, snarling and growling. "And he ain't eaten in days, either."

Idiot. "Good to know." *Get ready, Tex*. Kyle reached into his light jacket.

"He's drawing on us, bro!" Gum-Snapper said as he reached toward his hip under his open flannel.

Dog Man let go of the chain with one hand as he reached into his shirt with the other. "Sic 'em!" The dog realized he was free and bolted forward.

Kyle gripped Camo's leash tightly as he pulled out a handful of dog treats and tossed them to the side. The 'monster' really was starving, because he swerved and ran after them immediately. Kyle and Tex rushed forward and quickly disabled the two jackasses before they could even get their knives out. Dog Man had a glass jaw and went down for the count after one punch. Gum-Snapper's gum went flying out of his mouth when Tex landed an elbow straight into his solar plexus. One more punch and he joined his bro on the ground.

"Take this." Kyle handed Tex Camo's leash. He approached the other dog cautiously. "Hey, buddy." He used his quietest, calmest voice. The dog was snarfing up the last of the treats and Kyle tossed him a couple more. He stepped on the end of the chain and lowered himself slowly. He watched the dog for any more signs of aggression—flattened ears, teeth showing, hackles raised. But the poor 'monster' just wagged his stubby tail and stretched his neck forward,

nose sniffing and drool cascading out of his mouth, hoping for more food.

"Thatta boy," Kyle crooned. Behind him, Tex was already calling in reinforcements. Kyle took out another treat and held it out. The dog eased forward and gently took it from Kyle's hand. He let the dog eat it, then petted his chest, careful not to raise his hand above the dog's muzzle and threaten him. Up close, he could see multiple cuts and what looked like cigarette burns on the dog's short pale-gray and black-mottled coat. "Good boy. Can you sit?"

The dog sat. At least the piece of shit posing as a human being had taught him that much. Kyle carefully got to his feet, the dog's hopeful eyes on him the entire time as he stood too. "Okay, buster. Looks like I've got a new dog, huh?"

The dog just panted and drooled, wagging his stub and waiting for his next treat.

CHAPTER 18

Harper sat on the couch at the ranch, Baby's muzzle resting on her lap and Alex sitting beside her. Alex's dog Mac had commandeered Camo's dog bed. Harper stroked Baby's white and brown head as she prayed. *Please God, let them be all right.* Even without being with them, she'd put Arden and Melody in danger, and now the three men.

Before she'd left the office, Harper had called Gina from the business card Kyle had given her and filled the woman in. Alex had driven back to the office to get her after stabling Ripple so he'd listened in on her conversation with Gina. Gina had reassured her that the wheels were already turning to catch James and that Harper should sit tight and try not to worry.

Easier said than done. There had to be something else she could do. She turned her phone in her hands.

"They're going to be fine," Alex reassured her.

"This is all my fault."

He shook his head. "None of that. He did this to himself. You're as much of a victim as anyone else. Because of you, he'll be stopped before he can use this tech on anyone else.

The capacity for spying alone is terrifying. If these things got installed in cars and could just shut them down randomly, Jesus!"

Alex's phone rang. Harper glanced at the screen and saw it was Kyle. Alex gave her a reassuring nod and hit speaker. "Boss."

"They're safe."

Harper closed her eyes in relief.

"They were at the spa the whole time, oblivious," he went on. "Flint and Brock are following them back to the ranch now, ETA one hour. Tex and I have a problem though. We're stuck in Commerce City with four slashed tires and a couple of hired assholes who thought they could take us."

Harper covered her mouth, but Alex laughed. "Dumbshits."

"Yeah. We're just waiting for backup while I comfort a mutt. Think I'll name him Buster. Harper, you there?"

"I'm here, Kyle. Are you sure you guys are okay?"

"We're fine. I've already been in touch with Gina. Everything's going to be all right, okay?"

"Okay."

"We figure Hargrave heard me talk to Arden on the phone earlier, before we knew that the chip had its own power supply. He keeps giving himself away, Harper. He's fucking up."

"He's always been cocky."

"But it means he wanted us away. I've already alerted the office to be on the lookout for suspicious activity. Alex, you've got her?"

"Got her, Pup. We're at the ranch."

"Good deal. Stay there. I'll be in touch." Kyle disconnected and Alex set his phone down.

Harper's phone buzzed. *Oh, shit.* The only people who had the number to her second phone were her team

members. She looked at the screen and didn't recognize the number.

That didn't mean she didn't know who it was.

With trembling hands, Harper hit the talk button. Alex went on high-alert next to her. He leaned in close so he could hear and pulled his own phone out, ready to make a call.

"James." She didn't need to ask.

"Hey, Harpy." Harper winced at the hated nickname. His voice was conversational, but Harper recognized the strain in it; how many times had he used that tone with her just before exploding? "I understand you went out and saw an old friend today. I guess your new friends Arden and Melody didn't want to take you with them to the spa."

Harper's heart threatened to beat right through her chest. She couldn't give away the game, so she bluffed. "Where are they? What the hell have you done to them?" She hated how wobbly her voice sounded.

"Oh, you'll find out soon enough. You're going to find out a lot of things. But then again, you already know a lot of things, don't you?"

"I do. I know a lot about you now. Things that you probably don't want anyone else to know. Things that are going to send you away, you motherfucker."

"Now, now, Harpy, no need for profanities. What would your mother say?"

"I'm currently not speaking to my mother. What do you want?"

"I want to see you again, baby." James' voice absolutely dripped with sarcasm. "I want you at Brainwave in thirty minutes. I want you to come alone, and I want you to bring everything that you have on me."

"Or?"

"Or, you're never going to see Jessica alive again."

"Why do you have to do this? Jessica didn't do anything to you."

"How can you even say that, Harpy? She fucking betrayed me the same way that you have. I know that you met with her today. I know that she gave you some information. Of course, I think you got a little more than you bargained for, didn't you?"

"That was not me in the recording. You're trying to set me up."

"I think it's a little too late for you to try to save your own ass, Harper. But there's still time to save Jessica if you do exactly what I tell you, which is to get to the lab, now."

"You don't have her. I don't believe you." *I* can't *believe you.*

"Really, Harper? How do you think I got this number?"

"Oh, you seem to have all sorts of technological advantages these days."

James chuckled. "True. But in this case, I got it the old-fashioned way. I asked Jessica for it. We've been having a great talk ever since she got back this afternoon." His voice sounded farther away as he said, "Hey, Jess. How would you like to tell Harper yourself?"

Harper heard the phone move, and then Jessica was on the line. "Harper, please don't come to the lab." Jessica's words sounded slurred. "James has—" Her last words disappeared.

"Jessica! I'll be right there."

"That's good to hear, Harpy," James said, back on the phone.

"What's wrong with her? What the hell did you *do* to her?"

"You'll just have to come find out. It should be easier for you to sneak away by yourself this time, with your new friends off looking for their women. You did sneak away earlier today, didn't you? I have all the faith in the world that

you can do it again." He laughed. "You should thank me, I just made it easier for you."

"What are you going to do?"

"No, Harper. I'm the one who's asking the questions here. So my next question is, what are *you* going to do for Jessica?"

"Okay, I'll be there. Please, just don't hurt her."

James' voice turned cold. "Bring all the information you have. If you copy it, I will know and Jessica dies. If you call the police I will know and Jessica dies. If you bring anyone with you, I will know and Jessica dies. Are you getting the pattern here, Harpy?"

"Loud and clear."

"You'll find your car is working again. You'll take your car so that I know you're on your way and I can recognize you. I will call you when you park and give you your next instructions. You will bring the information to me and that will be the end of this. You know there are all sorts of things I could do. You think right now that you have the advantage, but you don't. You never have the advantage with me. I'm in charge. Don't defy me. Not if you don't want anyone else to get hurt. You have thirty minutes. Tick tock, Harpy."

The line went dead. James had given Harper her orders, and now there was nothing left to do but to follow them.

At least as far as James was concerned.

"Son of a bitch," Alex swore. "I'm going to call—"

Harper's hand came down over Alex's, stopping him from dialing. "Please, no! He'll kill her." She started to stand. "I have to go."

Alex grabbed her wrist. "First, you're not going anywhere alone. I'm calling Flint to get him up to speed." He let go of her wrist. "Have a seat. I'm going to make a quick call and then we're both going to the lab."

"But he'll kill her if you come with me."

Alex grinned. "He'll kill her if he *sees* me coming with you.

But he won't see me." Alex scrolled through his contacts and hit call. He put the phone on speaker.

"Alex. Just talked to Kyle. How's Harper?" Michael's voice.

"She's here with me listening in. Hargrave just contacted her. He has a hostage at the lab."

Harper jumped in. "He wants me to go and bring all the information that I have against him. He wants me to go alone."

"Fuck, Harper. You are absolutely, positively, not going to that damn lab."

"I have half an hour. There is no way that I'm going to risk Jessica's life. He's desperate, Michael. I can hear it in his voice. He will do anything to save himself."

Alex held up his hand. "I'm going with her, Flint."

"Fuck, fuck, fuck. Look, I'm going to head for the lab. I'll meet you there. Don't you dare go in without me."

"Here's the plan, brother," Alex said. "We're taking Harper's car—"

"Oh fuck no. That car is compromised."

"He specified it," Harper jumped in. "Otherwise, Jessica is dead."

"Tell me about your car. He has it bugged?" Alex asked.

Harper shivered. "It's worse. He has some sort of computer chip in it. He'll be listening most likely, so you have to be silent. God, there might even be a camera…this isn't going to work."

"Harper, it's going to work," Alex said. "I was going to ride up front, hunkered down, but I'll take the trunk instead in case there's a camera like you said."

"What if he can tell when someone opens the trunk?"

"When we get outside here, open the trunk and throw your purse back there with me so there's an excuse for having opened it. When we get to the lab and he calls you, insist on staying in the car. Say you want to see Jessica before

you get out. Tell him you put your purse in the trunk with the thumb drive because you don't feel safe getting out of the car. You want him to send Jessica out to you and once she's safe in the passenger seat, you'll open the trunk and he can retrieve the evidence." Alex gave her a wicked grin. "I'm just the bonus."

"I still hate this plan," Michael growled. "But I'm already on my way there and I can provide backup. Alex, Brock's with me and he's letting Kyle and the ladies know what's going on. Under no circumstances do you get out of that car, Harper."

"I promise I'll stay put." *So long as Jessica is safe.* "I love you, Michael." She watched Alex's brow lift at her words. Would Michael reciprocate knowing someone else was listening?

"I love you too, Bird. Stay safe."

Her heart leaped.

Alex disconnected the call. "All right, we have twenty-five minutes. Let's roll."

~

As if driving in Denver traffic wasn't stressful enough Harper thought ruefully. She gripped the wheel as her heart pounded. She had the radio on to cover up any sounds Alex might make. The car worked perfectly, just as James said it would. No words flashed across the radio screen, which surprised her. It would be just like James to try and unnerve her while she drove.

Except he wants me to arrive safe and sound. I'm probably more important to him right now than I ever was during our marriage. A bitter smile crossed her lips and she shook her head. Harper wondered if James could see it. She'd glanced around the car interior as she got in, hoping to spot a tiny camera lens she'd previously missed but didn't see any.

Maybe it was behind the radio display screen, if it was there at all. The thought that she was being watched should have creeped her out more, but at this point, it was just the water she swam in.

Five minutes away and eight minutes on the clock. Was James watching a map on a screen, her car a dot drawing closer to the lab? How far away was Michael now? She prayed that Jessica was safe, that everyone she cared about was safe. She prayed this plan would work.

Sitting on the passenger seat, her phone buzzed—James was calling her early. Her stomach turned over. Had she done something wrong? Was he calling just to mess with her? Traffic slowed to a stop behind a red light and she hit the speaker button—just as she saw the phone number.

"Mother?" Harper listened to her mother make a gasping sound. "How did you get this number?"

"Darling? Darling, it's Mummy." God, Harper hadn't called her that since she was three and had been discouraged from using it after she turned four. "James says you've gone missing and he's afraid you're doing something rash. He got your number from one of your co-workers and gave it to me in the hopes you'd listen. Thank God you answered."

What sick joke was this? "Mother, what? No, it's the other way around. He's crazy, he's—"

"He said you'd say that, darling. That you need medication. You've always been high-strung, and now he's worried that you've, well." She coughed. "That you're paranoid now."

Harper let out a near-hysterical laugh. "Paranoid? Well, fuck me running." The light changed and Harper stomped on the gas. Six minutes.

"Harper Marling Hargrave!" Harper nearly gagged at her married name. And was her mother seriously upset at Harper for *swearing* right now? "I think he's right. I think something is wrong with you."

"The only thing wrong with me is that I'm trying to save Jessica *from James*."

"Oh Lord. He said Jessica was missing too. That she might be with you. Is she...all right?"

Oh, God, more gaslighting, this time toward her mother. "Mother, please, Jessica is my friend, James is—" *Wait*. If she told her mother that Jessica was in danger and James was listening, would he kill Jess? Was this a test? A sadistic joke? What had she said already? Was it too much? "I don't know what James told you, but I can't talk right now, okay?"

Four minutes. The lab was just through one more intersection and down one more street.

"Darling." Her mother's voice had taken on a scolding tone. "We're just concerned that you're going to do something rash. Considering how you threw away your marriage, it's a legitimate concern."

The world went small and quiet and sharp as clarity set in. Harper wasn't the crazy one—everyone around her was crazy. "Goodbye, Mother." Harper hit end.

If James had hoped that hearing from her mother would rattle Harper, he was wrong. So what if her parents thought she was crazy? Her whole life had been a balancing act trying to keep them happy.

The truth would come out. Harper—and her new team—would make sure of it.

Three minutes. James would see she was just a block away. Hell, if he were looking out the building's second-story window, he could see her car with his own eyes. The lab was in view. Then she was turning into the narrow lane that led to the gated parking lot behind the building. Would the scanner read the parking sticker still on her windshield and let her in? She drove past the scanner and the gate opened ahead.

The lot was empty except for a work van parked right up

next to the building, probably from the renovations. So someone else was here. Were they in danger too, or could they help her? Harper put her foot on the brake to slow, trying to decide how far out from the building she should park. The middle of the lot should do—

The car sped up.

Harper stomped the brake again. Nothing.

"Oh, Jesus!" She had just enough time to think about James watching her from the building, controlling the car like a toy before the Honda slammed into the back concrete wall and everything went black.

~

When Harper regained consciousness, she had no idea where she was or what had happened. All she knew was pain. Her head pounded and her entire chest hurt like she'd been punched.

The car crashed. I was in an accident. Alex. She had to check on Alex in the trunk. Harper tried to move and found she was restrained. *Seatbelt.* She opened her eyes.

And looked out of an unbroken windshield, straight at the brick wall of Brainwave's building, which should have been behind her.

"What?" She was no longer in her car, but in some sort of truck. No, wait, it was the work van she saw as she drove in. Harper looked next to her. Alex was slumped over in the passenger seat. He looked like he'd been thrown into a rock tumbler. His face was bloodied and bruised. A giant gash on his forehead bled freely.

"Alex? Alex, wake up." She was afraid to touch him but she pressed her fingers against the side of his neck and found his pulse. Steady and strong, thank goodness.

The van's radio speakers rang as a call came through. Her phone was resting on her lap. She hit talk.

"Harpy? You awake, sweetheart? Stay put. So glad I could get ahold of you."

"Where are you, James? Why are you doing this?" Her voice sounded funny through her swollen lips.

"Why am *I* doing this?" He sounded like he was genuinely contemplating the question. "I think you're doing this to yourself. You're not well, Harper. I just talked to your mother and she agrees. We're very worried about you."

"*You're* worried about *me*? Where the hell is Jessica?"

"Jessica? My God, Harper." James sounded shocked. "I knew you were hiding something. The embezzling at the lab was just the start, wasn't it?"

"I never did that."

"I have records, Harpy. Oh, wait, I should try and keep you calm, isn't that what they say? Not get you riled up. And you should probably not move a muscle. I think you're in danger. I think you've put other people in danger too, Harpy."

Harper stared at the dashboard. "James, what have you done?"

"Me? No, you're confused. I haven't done anything except try and understand you. Sweetheart, did you…just call in a bomb threat? On the lab?"

CHAPTER 19

Flint and Brock rolled past the lab. The tiny front parking lot was empty, with no sign of Harper's Honda or any other vehicles. Flint kept driving, intending to go around the block in search of her car.

Kyle and Tex were several minutes behind them. Another Watchdog bodyguard, Shane, came to pick them up from the warehouse in one of the company SUVs. Brock was updating Kyle while Shane drove and the news was not good.

Flint had lost contact with Alex over fifteen minutes ago. They'd been on the phone the entire drive so Flint would know where Harper was and when they arrived at Brainwave, and Alex would know how close behind them Flint and Brock were for backup. Alex's last words had been "Shit, what is she—" before they lost the connection.

"I don't see the car anywhere," Brock said, running his hand through his hair.

"Accident. Had to be," Flint said, though there was no sign of an accident anywhere along the busy city road. He turned up the alley between the blocks in the hopes of getting a look at the back of the lab. The alley was extra-wide and paved,

with a row of poplars planted along a wall up ahead to the right that corresponded with the back of the lab.

Flint pulled over alongside the poplars but kept the SUV's engine running. "Let's take a look over the wall." He and Brock exited the car and walked between the trees. The wall didn't provide much of a challenge—rough concrete, six-and-a-half feet high, more of a privacy measure than a serious deterrent. There was even a large crack running down the center that spiderwebbed out toward the bottom.

Flint ducked between two poplars in front of the wall and jumped. He grabbed the top of the wall, which was surprisingly thick for its height, at least eight inches wide. His hand threatened to betray him, but he counterbalanced with the other. He and Brock pulled themselves up just far enough to see over the wall, and saw the source of the crack.

"Oh holy fuck," Flint breathed as he looked down at the Honda's crumpled hood accordioned against the wall. The driver's side airbag had deployed. The driver's side door was open. So was the trunk. No sign of Harper or Alex. The question was, did they leave the car of their own volition, or had James gained control of the situation and they were now inside?

Flint didn't want to think of any other scenario where James had the thumb drive and Harper and Alex were dead. *He could have killed them both in the car and taken the thumb drive, but they aren't there* Flint reassured himself.

But, he couldn't see *into* the trunk from this angle.

Shut that shitty line of thought down right the fuck now.

Flint studied the parking lot. It was empty except for a work van parked with its nose almost touching the wall of the building. That didn't make sense. Flint scanned the lot for cameras. He saw one on a pole by the corner of the building. It was above and to the right of a gate.

Brock followed his gaze. "I can take it out," he said. He

dropped back down behind the wall and went to the SUV. Moments later, he was back with a subsonic .22. Flint had scooted forward and braced himself on the top of the wall. He reached down and took the rifle while Brock scaled the wall again. The poplars provided some nice cover behind them and helped camouflage them from the front.

Flint handed Brock the rifle once he was situated on the wall, straddling it like a rider on a horse. He took aim and fired. The camera exploded.

"Nice shot."

Brock gave Flint a quick smile. "I was a Swick. We didn't always fire the big cannon from the boat. Sometimes, you needed a little more finesse when you were going in to save a buncha SEALs' asses."

Ah, that's right. Brock was a former SWCC. He wasn't kidding about saving SEALs.

"This SEAL thanks you. Let's climb over. I wanna see in the trunk," he told Brock, who nodded.

Truth? He didn't want to see in the trunk because the trunk might be a motherfucking casket for two.

They dropped down on the inside of the wall. Flint drew his Sig while Brock held on to the subsonic. He knew the man had a Glock as well. They went around opposite sides of the car, Flint on the driver's side, Brock on the passenger's side. The front seat was empty and so was the back. When he got to the trunk, Flint looked down, ready for his heart to stop.

Empty. He could breathe again.

Well, not quite empty. There was the blood. A lot of it. *Shit.* Droplets of it trailed from the trunk and across the parking lot. Straight for the work van.

Flint closed his eyes. *What's James' game? Harper and Alex are injured, unconscious. Searched? Can't tell. Definitely dragged from the car. But not into the lab? Why drag them to the van, if the*

trail does indeed go there? To be taken somewhere else? Then why is the van still here? And why is it parked so close to the building?

Oh, fuck me. No.

Flint's phone vibrated silently in his pocket. The message from Tex said they were three minutes away.

Too long.

"Kyle and Tex are here in three. I'm checking out the van. Brother, I want you on the other side of this fucking wall. Hell, I want you in the SUV and gone."

"What the fuck, Flint?"

"While you were playing in your boat on the rivers of Afghanistan, I was in the towns. Only reason someone parks a truck that close to a building is if they want to blow the fucker up."

Brock's eyes went wide. "Jesus fuck. Shit, right in front of us. I'm not leaving you."

"Get the fuck over the wall now. If we've got a bomb, I'm our best chance at not getting blown up."

If my goddamned hand doesn't shake.

"Keep Kyle and Tex appraised. I'm going in."

"Fuck!" Brock said, then tossed the rifle over the wall and scrambled after it.

Flint approached the truck. Yup, red droplets made a trail right up to the van. Flint could picture it: Alex was injured, tossed over someone's shoulder, and losing blood. Flint had researched Hargrave online that morning. The fucker was in no way big or strong enough to carry the deadweight of a former SEAL over his shoulder across a parking lot. He had help here, just like at his Commerce City warehouse. How many people did he have mobilized? How much help was he getting from the Capitoline Group, or was he working on his own?

Flint expected the blood trail to end at the back of the

van. It would make sense to toss Harper and Alex inside. But the blood veered off to the passenger side.

He heard a phone ring inside the van. A man's voice suddenly spoke but it was too muffled for Flint to make out the words. He stopped beside the van before he got to the passenger window. It wasn't Alex's voice, that much he could tell.

The woman's voice who answered was clearer. And she was definitely Harper. Her voice came from upfront, in the cab. She'd have to be in the driver's seat.

Of course. Her sick ex was setting her up to be a suicide bomber. What better way to get rid of all the evidence than to blow it up and frame the woman who was blackmailing you for it?

Flint hurried around to the driver's side of the van. As he got closer, he realized the man's voice was coming from the radio. James was literally phoning it in. Flint heard Harper ask what James had done.

And there it was—Hargrave was accusing Harper of calling in a bomb threat.

Okay. He had to let Harper know he was there without scaring the shit out of her or giving away the game. He had to play it as if James had the bomb rigged to blow if she slid off the seat or tried to open the driver's side door. But he could also have the bomb on a timer, or have a different trigger set to go off when something happened...but what? Hargrave had Harper right where he wanted her so why not detonate the bomb now?

And where was Jessica? Inside the lab or in the back of the van? *I'm betting she's just on the other side of that wall. That would leave more space for the explosives in the back of the van.*

Now, to let Harper know I'm here. He couldn't just pop up next to the window; she might startle and scream. He'd text

her on the phone she obviously had but he didn't have the number.

Her voice was rising as she answered James. "What do you mean by a bomb threat?"

That's it. If I can hear her, she can hear me.

Flint quickly queued up a song on his phone's music app. *Fuck*. The stress was causing his hand to shake. He turned the volume all the way up because it was a quiet song. He held up the phone next to the window, just out of sight.

Please don't freak out, Bird.

The first guitar chords drifted from Flint's phone as "A Horse with No Name" started playing.

Don't freak.

Harper paused, then continued talking. And she knocked three times on the window.

That's my Harp.

Flint turned off the music and moved to the window. He tried not to flinch when he saw Harper's face. The airbag had done its job saving her, but she looked battered all the same, her mouth swollen, her eyes already blackening. Worse was the terrified look on her face. And then there was the tragic 'everything-is-just-fine' Social Smile she gave him. *Jesus, Harper.*

Flint typed the words 'keep James talking' into a text message and held it up for her to read. She nodded. He pointed at himself then toward the back of the van and she nodded again. She mouthed the words *I trust you, partner* and pulverized his heart to dust.

Flint went to the back of the van. His next move would either be the first step to saving them or it would kill everyone. If the back doors were wired to blow, then it was game over. But there was no other way to get to the bomb.

Flint took a deep breath and blew it out. He gripped the door handle and pulled.

The doors swung open and the world stayed intact.

Breathe.

Flint listened to Harper talking to Hargrave, her voice remarkably calm and even. She was speaking louder now, probably to cover up any sound Flint might make. The perfect game partner.

Now, let's see what we have here. Flint took another deep breath and fell back on his training, which took him to that hyper-focused space he needed to concentrate. He crawled into the van and looked around. As a SEAL he'd learned that every bomb was different and he needed to get into the head of the person who built this one. He was almost disappointed. After Hargrave had shown off his techno-toys, Flint was expecting something elaborate, a challenge for his skills. But the bomb was your run-of-the-mill, ammonium-nitrate-suspended-in-gel situation. A cell phone trigger—nothing new there, either. And the whole thing was tamped with sandbags which would send the force of the explosion forward toward the building.

So, all Hargrave would have to do was call the cell phone, it would trigger an electrical current, set off the detonator, and the rest would explode in a chain reaction. Flint needed to disable the phone. The easiest way to do that was to use a jammer that would scramble the signal coming in from Hargrave's phone. Ironic, since that's probably what was used to fuck up everyone's phones at the spa—disruptive and highly illegal for your average civilian. Not something he could whip out of his back pocket.

Flint's phone vibrated. He took it out and glanced at the text:

Here in back. Tex and Shane in the building looking for hostages. Brock filled me in. What do you need?

Flint's thumbs flew over his phone screen:

In van now. Harper in van talking to Hargrave. Trace the

call back to him. Figure out where the hell the fucker is. I have a feeling he's pretty far away but we need to know for sure.

Then he added:

Ammonium nitrate. Cell phone trigger.

A new message appeared:

The SUV has a jammer. I can drive up right the hell up next to the van and block any cell signals.

Bingo. Easy.

Too easy.

He texted *stand by* and closed his eyes. He pictured the situation and looked for the missing piece. Why hadn't Hargrave detonated yet? It wasn't just Harper's sparkling conversation. The bomb was in place, he'd framed Harper, she was here. James had scattered everyone else, didn't even threaten the women. He made a mistake by giving them time to converge—

Shit. Fuck. Fire.

Flint texted fast:

Abort hostage search. Abort jammer. You can't come in. That's what he's waiting for. He's waiting for as many of us to assemble as possible. Especially you. So that he can take you out. This is what he's been hoping for. This is why he hasn't detonated the van yet. He's going to get extra points with Capitoline Group. It's a vendetta against you and Watchdog.

Kyle's response said it all:

Fuck.

Flint typed:

I got this, brother. Just find Hargrave and make that motherfucker pay.

He turned his attention back to the van and searched around. And yes, there it was—a secondary trigger. It

wouldn't have mattered if Kyle had jammed the signal, the secondary trigger would set it off.

A mechanical trigger. Leading to the cab. Probably the driver's seat. His instincts had been right.

Jesus Christ. That's how it would have played out. Tex and Shane in the building looking for hostages. Kyle driving up and jamming the signal. We think it's safe and I go to help Harper out of the van. Or, as soon as the jammer ends James' call, Harper leans over to help Alex. As soon as her sweet ass leaves the seat or she opens the door...

Boom.

No more Harper, no more evidence, and Watchdog's head is cut off.

Flint started on disconnecting the secondary trigger that would go off if Harper slid off the seat or maybe opened the door. *Gotta keep my stress under control. Deep breaths like they taught us. No shaky hands. One false move...*

With one more connection to undo, his tremor started. *Okay. Okay, lock this shit down, Flint. This is just a goddamned Tuesday, right? Just another fucking day at work.*

He listened to his sweet Harper talking to a man she loathed, giving Flint glorious time to work. Helping to save them all. His game partner who he'd never let down again.

Flint's hand steadied. And then he disarmed the trigger.

Harper was safe. The love of his life was *safe.*

Well, safe-*er*. There was still the trigger attached to the cell phone. Flint couldn't confirm that there was or wasn't one of those smart chips in the cell phone trigger, so he was hesitant to fuck with it.

But he could fuck with Hargrave by giving him exactly what he wanted.

Flint texted Kyle:

Ok brother. You're gonna make a show of driving up,

crashing the gate, and jamming the signal. Still a chance of going boom but it's the only way.

Kyle texted back:

On it.

Fifteen seconds later, Kyle heard tires squeal, and then the gate crash against the concrete wall as Kyle drove through it. He would have given anything to be up front in the cab reassuring Harper that all was well, that this was how the game ended and how they won.

More squealing tires and Flint knew Kyle had pulled up next to the van. He already had the jammer engaged, judging by Hargrave's voice disappearing. He imagined anyone walking past on a cell phone was cursing right now. Flint worked quickly and disarmed the cell phone, with nary a tremor from his hand.

Done.

Flint hopped out of the van and sprinted to the driver's side. He gave Kyle a thumbs up on the way and his brother got out of his SUV. He opened the door to let Harper out.

"Call an ambulance, Alex is hurt," she said as she slid off the seat and into his arms. And that was all. No tears, no hysterics. Just her arms around him as he hugged her carefully.

"Are you okay, Bird?"

"I'm fine," she said against his neck. "The second I heard our song I knew my Horse partner had my back the whole time."

Damn.

Direct hit. Straight into his heart.

CHAPTER 20

Relief. Blessed relief.

Sure, she was still in pain, and she was worried about Alex and Jessica and anyone else who might be hurt. But to be safe in Michael's arms again was all she needed to feel better.

And from the way he was holding her, Harper thought Michael might be feeling the same way.

She pulled back first. "We need to find my people. They're probably inside."

Standing next to them, Kyle pulled his phone away from his ear. "Tex, Brock, and Shane are back in the building looking for other hostages." He went back to talking to the 911 dispatcher as he ran to the other side of the van to check on Alex. The man had been coming around as Harper spoke to James—or rather listened to James try and gaslight her and whoever else might hear a recording of their conversation. No doubt he would have used it as further 'evidence' that Harper was crazy after the bomb went off.

But that wouldn't happen now, thanks to the man holding her.

Michael took her face gently in his hands. "Where does it hurt?"

"Where doesn't it hurt?" His eyes widened alarmingly and she shook her head. "No, seriously, I'm okay, just a little banged up." She gave him her Social Smile to reassure him. And it did the opposite.

"Oh, no, I don't ever want to see *that* smile on your face again. You are *not* okay, and *that* is okay. We're gonna make sure everyone inside the building is safe. We're gonna wait for the paramedics to check you out, then if you get the all-clear I'm going to take you to the safehouse and run you a hot bath and wash the filth of this day off of you. I'm going to feed you and hold you if you need to cry or scream or whatever the hell you need to do. Then I'm going to tuck you into bed and hold you all night. Whatever you need, Harp. Just tell me, and it's yours."

And that's when she felt her knees go weak. She could handle any level of mean, any flavor of cruelty, and she could do it with a smile plastered on her face. But kindness? Consideration? Love? Those were the things that undid her.

"Harp?" Michael's eyes filled with concern. "Let's get you sitting down."

"I'm okay, I promise." She practically choked the words out around the lump in her throat.

Michael studied her. He nodded slowly. "Yeah, I know you are now," he said. "I can tell by that genuine smile on your face."

~

The warm water felt incredible. Harper leaned forward as Michael washed her back. She was grateful the paramedics had let her go because she didn't think the hospital would have let one of their patients climb into a tub with a lavender

bath bomb and her man and let him scrub her down. He'd put on a playlist of soft music and so far she loved every song, even the ones she'd never heard before. Of course, there were some old favorites—including 'their' song.

The paramedics told her she only had bumps and bruises. Possible whiplash but her neck felt okay so far. Her chest was sore but ibuprofen helped. Her face was the worst, but they assured her that her nose wasn't broken, though she could expect to look worse in the morning.

Didn't matter. Michael loved her with or without the bruises. And she would heal now, all the way down to her soul.

Michael's cell phone buzzed and he grabbed it from the little table next to the tub. He read the screen. "Alex is going to be all right. He's got a concussion and a sprained arm and they had to stitch up that gash on his forehead. Nothing broken. They said he's lucky though that he'd already had his spleen removed or they'd probably be taking it out now."

"Poor guy. I'm so relieved. I was so afraid when he was unconscious that he wouldn't wake up."

"Eh, takes more than a tumble in a trunk to break a SEAL."

Harper grinned. Her lab team was okay too. And yes, Tex, Brock and Shane found four of them in the building, propped right up against the wall. The fifth member, Greg, was MIA, probably on his way to some tropical island or maybe Cancún with the money James paid him to betray them and drug the rest of the team at gunpoint.

Then again, it sounded like Gina Smith would find him like she'd already found James. She was a good new friend to have, and they'd be meeting face-to-face in the next day or two to debrief. Harper didn't know the details, but it sounded like James would not be going through the normal channels in the justice system, at least not yet.

But now knowing that Alex was okay, Harper could start to fully relax and enjoy having Michael back in her life. She leaned back against his hard chest and he wrapped his arms around her and nuzzled her hair. She didn't know where their relationship was going, but she hoped to have a long time together to figure that out.

"What's this song?" she asked him when a pretty one came on. It opened with the loveliest piano piece that repeated throughout the song.

Michael made a sound of approval. "It's a newer one. "Me and Magdalena" by The Monkees, if you can believe it."

"I can't. It doesn't sound like them. But I love the song."

He growled and kissed the top of her head. "There are two versions and I like this acoustic one better."

The tears suddenly pricking her eyes took her by surprise. So did her next words. "You have no idea how much I've missed you. I've thought about you every damn day. Every time I see a good monster movie I wonder if you've watched it. Or when a new song comes on the radio that I think you'd like, I wonder if you've heard it yet. I've imagined entire conversations about some random song. On the bad days, the lonely days, I crawl into my head for hours and just hear your voice and know your exact opinion about the song, because I know *you*. And God help me if "A Horse with No Name" ever came on. I didn't even have to imagine, I already know those conversations by heart. I have all the memories to go with them and they come right back like it was yesterday and not ten years ago."

She felt him shudder as he pulled her tighter. He buried his face in her neck. "Bird. Why do you think this song is on my playlist along with our Horse song? It reminded me of you the first time I heard it. I can't tell you how happy you just made me, telling me you love it too. I wondered if you would, but I knew you'd have to. And it fits us even more

now, the way it talks about how everything lost will be recovered. I feel like I've recovered you. And I can tell you that I've never loved anyone as much as I love you. Then and now."

She closed her eyes and that's when the doubts crept in.

Ten years. That was a long time to be apart. He'd changed so much, but that was a good thing. She'd changed too, but she wasn't sure who she was anymore. Did she ever know?

"Talk to me, Bird. What's wrong?"

"We've changed. It's not a bad thing that you've changed; you've become who you really are. I can see that clear as day. I can see your confidence, I can see that inner strength you always had but that you never recognized. I can see the man in the boy that I loved so many years ago. The man I loved all the way back then, the man I knew you were, the man I knew you would become. I am so proud of you, Michael. And I'm so afraid that if I get close to you again you'll just pull away one more time like you always have. I'm afraid that I'm not good enough for you. That you will always see me as some shallow, spoiled girl who's just slumming it for the hell of it. For the thrill. And that somehow you'll think you're a part of that. When you never, ever were."

He kissed her ear, making her shiver. "Harper. I might have thought of you that way when you were still a beautiful, untouchable stranger I'd watch across campus. Someone whose league I couldn't even begin to approach. But that was before I knew you. Knew how warm and genuine you are. How much you care for others. Hell, you're still leagues above me, but it's not because of your family or money or anything like that. It's because of who *you* are."

Harper wiped her eyes and cleared her throat, trying to swallow down her emotions. "The water's cooling off. I'm going to drain some and add some more hot." She leaned forward to pull the stopper out.

"I got the hot," Michael said as he reached past her to turn the spigot.

"You sure do," she joked to lighten the mood, then stopped moving. His hand shook as he tried to grab the spigot. It had done that the night before and he blamed low blood sugar. This was not low blood sugar. She glanced back at his face, which was the picture of devastation.

"Michael?"

He turned the knob off and dropped his hand back into the water. "There's something I need to tell you. Or maybe I'll just show you. And then you can decide what you want to do from there. Decide if you still want me."

CHAPTER 21

No more hiding. No more putting up walls or running away. Flint took a deep breath. And then he stretched out his hand. It was fine at first, steady and even. Until he got to the very end of his stretch and there it was, the tremor.

Harper's eyes went wide. "Oh, Michael. Does that happen every time?"

"It's worse when I'm under stress, and this is stressful, telling you. But, yeah, it's pretty common now."

Harper sat up straight in the water. She turned to face him. "When did it start?" Her tone took on a professional air that he hated.

"It started about three months ago. Not every time back then, but now it's gotten worse. I decided I couldn't be an active SEAL anymore. My teammates depended on me too much to be like this. What if we were in the middle of a fight and my hand just decided to do this and I dropped my weapon? I had to retire."

Harper's eyes filled with sadness. "What did the doctor say?"

"Nothing. I retired before my next physical."

Her eyebrows shot up. "Michael! You shouldn't have done that. You need to go to a neurologist. You need to find out what this is."

Flint shook his head. "I already know what it is, Harp. My dad...died from this. Young-onset Parkinson's."

"What? You never told me that." She reached out and stroked his arm.

Flint swallowed. "He passed away before I met you, while we were still undergrads. I didn't know who to tell, or even how to talk about it."

Harper covered her mouth. "Oh my God. And you carried that pain around alone. No wonder you...." She trailed off.

"It's okay to say it out loud. It's why I drank, yeah. Or at least that's what I told myself so I could justify the drinking. I'd lost my dad so didn't I deserve to do whatever it took to feel better? It was just one excuse. I drank for so many reasons. To numb my pain, yeah. But also to take the edge off of living in a place where I never felt like I belonged. Then I drank to take the pressure off of trying to fit in. To cover up feeling like a fraud. I only stopped drinking when I went into the service. First, because I couldn't drink—not without fucking up my chances at becoming a SEAL. Then because I didn't need it anymore. Because I'd found my place in life."

Flint gently stroked her hair. "I know you wanted me to quit back then. I used to wonder if you left because you thought I didn't love you enough to quit for you. But that wasn't on you, Bird. There wasn't a damn thing you could have done to stop me. I had to want to stop on my own. That's what did it. I stopped only when I was ready and I haven't taken a drink since. I don't even crave it anymore."

Harper nodded. "That was part of why I left. I was too immature to realize what you just told me." She covered his hand with hers. "I'm so proud of you for quitting. That took a lot of courage and strength." She drew his hand down and

studied it. "Now you need that courage again. But you won't be in it alone this time, Michael. I'm here for you."

His heart squeezed. "My dad deteriorated even while he tried his best to stay strong. I watched my mom lose years of her life taking care of him. I don't want to do that to you, Harper."

Harper tilted her head. "But you don't know for sure that this is young-onset Parkinson's." A statement, not a question.

"No, I do know. I have seen this. I saw my dad go through this, I saw my mom suffer at his side while he shut down. It took years. By the end, his whole body shook. He had hallucinations, didn't recognize anyone. Made absolutely no sense. That's going to be me, Harper; that will be me sooner rather than later."

He took his hand out of hers and held it up. "This started much earlier than his did. I'm fucking doomed, Harp. And I don't want to take you with me. I don't wanna see you suffer the way that I watched my mom suffer with my dad. I don't want you to shoulder that burden. I will not ruin your life that way." He blinked back tears.

"That's how much I love you, Harper. I love you enough that this time I'm the one who's ready to walk away if you say the word. You deserve someone better."

Tears rolled down Harper's cheeks. "No, Michael. You have no idea. You're just being selfish again." Her eyes went wide in surprise at the words that just flew out of her mouth.

Anger stirred in his heart. "How can you call me selfish? I know what I'm in for. And I don't wanna take you with me."

"No, you *don't* know what this is. You really don't. And I think you're wrong. I think you're wrong about everything, but let's just start with this. This does not look or sound like Parkinson's to me."

"How would you know?"

"How would I know?" she scoffed. "I only develop

medical devices that help with seizures, and brain tumors, and TBIs. But yeah, what would I know? What would someone like me ever know?"

Flint let all of that sink in. "What are you saying?"

"I just told you. I don't think this is young-onset Parkinson's. But I can't diagnose you because yeah, I'm not a medical doctor. But you need to go in and see one, right away."

"Harper, what do you think this is? Please, tell me."

She crossed her arms. "I'm not going to tell you unless you promise to go see a neurologist ASAP. Jesus, had I known, I would have shoved you into the ambulance today just to get you to the damn hospital and get it checked out."

Damn, she was sexy when she was angry. So why the hell was he angry at a woman who only wanted the best for him? He needed to be on his guard against slipping into his old role of self-pity. Now *that* he would do for her. "Okay, I promise. Now tell me."

"I need to know some history about you first. You were a SEAL, so obviously you saw combat. But were you ever injured? I don't mean a scratch on the arm, I mean were you ever involved in an explosion? Did you ever hit your head or did anything ever slam into it?"

"Yeah, I was. On my first deployment years ago. We were clearing a building and we missed a guy who decided to blow himself up. The bombs weren't just strapped to him, they'd wired the whole room."

Flint went quiet, trapped in his own memories of that day. He had never been so afraid—the flash of light, the roar, the shaking as the building came apart around him. They all made it out, thank God, but Flint had been so disoriented that a couple of his buddies had to practically drag him out. Of course, he'd been the first one into the building, leading

the charge. That was Flint. So he suffered the brunt of the impact.

The medics told him afterward that he had suffered a major concussion. He was out on medical leave for a while, so they could observe him. And he got better. He still got the occasional headache, sure, but that was to be expected. That was the only time that he had suffered anything like that.

"But, that mission was almost eight years ago and they cleared me after. It can't be connected to this."

"I think it is. Michael. You were also a football player, right? Ever get tackled and bang your head?"

"Well, yeah of course. A few times, but I only had one concussion."

The corner of her mouth turned up. "I don't think you have young-onset Parkinson's. I think you're suffering the aftereffects of multiple concussions that went undiagnosed, along with a TBI."

Impossible. "After all this time? No way."

"Yes way. The effects can show up *years* after the damage happens. Sweetheart, you need to go in and get checked out. The tremor isn't that bad. *Yet*. But it can get worse if you have lesions that are growing." She grabbed both his hands and squeezed. "Michael, there are treatments for this. Oh my God." She shook her head, her eyes full of tears. "This is what I *do*. This is what I *know*. You could go in for deep brain stimulation, probably use one of the devices that I helped to develop. That my team who you just fucking *rescued*, developed."

She sighed. "This is so ironic, isn't it?"

Flint could barely hear her over his own thoughts. *Not Parkinson's?*

"Michael? *Flint*?"

That brought him back to earth. His call name sounded

so strange in her mouth. Two worlds colliding, the old and the new. "That sounds so weird coming from you."

She grinned. "Flint fits you to a T. I thought so the first time I heard Kyle call you that. God, you've always tried so hard to prove yourself. It only makes sense that once you joined the Navy, you'd want to become the best of the best just to feel adequate. Michael, you don't need to do that with me. You don't have to prove anything beyond what you've already done, which is to show me that you love me. You are worthy, Michael Gray."

Too much. He felt the day pressing down on him—the adrenaline, the fear, and now the hope, delivered by this amazing woman. Funny that it was the promise of a future that did him in.

Flint stood up. He helped Harper to her feet. "I think it's time for bed." His voice sounded rough and distant to his ears. He dried her off and then himself, feeling disconnected, like he was in a dream. He helped Harper into her robe then pulled on his T-shirt and boxer briefs. He walked to the bedroom they'd shared the night before and sat down, not sure what to do next.

Could it be true? Is this tremor reversible?

I'm not under a death sentence?

CHAPTER 22

Flint walked like a man in a trance into the bedroom and sat down on the bed. Harper sat beside him, ready to spring back up. She tentatively placed her hand on his shoulder and rubbed it in small circles until she felt his body uncoil under her fingers. God, just touching him made her instantly wet. Her heart beat faster as she wondered what he would do. Would he sit as still and solid as his nickname and let her touch him without reacting, until she was squirming in the hopes he would touch her back, ease her own ache? Would he throw his arm around her and nuzzle into her shoulder, press his lips against the pulse along her neck until she found herself naked and under him, his cock pounding into her while she clung to him, moaning incoherently?

Or would he simply tell her to leave, that he couldn't do this right now? Push her away.

No. That was the old Michael at the end of their relationship. The one who would make love with her, then roll away in regret, even as her body was still tingling and pulsing. Leaving her to wonder how she could crave him so much, when he hurt her so often. Wondering if it was only the chal-

lenge of seducing him, as Stacy had been fond of saying. That because she had so many things given to her she needed to possess him, too.

No. That was never true about her. And this man was *Flint* now. And he needed her as much as she needed him.

Small circles over his muscles. Around and around.

Flint turned his head and looked at her. The pain in his eyes stabbed her heart. He shook with tearless sobs.

"Flint," she whispered. "I'm here." She waited for the walls to go up.

He turned and took her in his arms. Eyes closed, he pressed his forehead against hers as he continued to shake. She ran her hands up his back and into his hair, wanting only to give him comfort, but at the same time silently praying that this time, he wouldn't shut her out, that he would see how much she needed him as well and give it back to her.

Flint opened his eyes and smiled as he stared into hers. "There's my beauty. Why do you do this? Why are you always making everything in my life better?"

"Because I love you," she answered. *Please don't shut me out. Not this time.*

"Are you in a lot of pain?"

"No. Not now."

"I don't want to hurt you."

"You won't, unless you shut me out."

"I won't shut you out. Not this time. Not when I have a second chance to get it right." He glanced at her lips before he brushed his against hers. His kisses almost always started this way. Soft, hesitant, waiting for her to deepen them.

This time was different. This time he parted her lips with his tongue first. Starving and searching, he claimed her mouth as he pulled her in tight. His hands found their way up her back under her open robe. They made their way to her breasts as his mouth nipped and pulled at her lips. His

fingers found her hard tight nipples and rolled them until she moaned. He'd never been so passionate, so hungry and desperate for her. With every pinch and roll, her swollen clit throbbed, demanding satisfaction. Harper shifted until she straddled Flint. Her mouth never left his as they devoured each other.

"I love you, Bird. Love you forever. Never gonna shut you out again."

Her heart sang at his desire, his full acceptance, his openness.

Flint pulled away only long enough to growl, "Want you, Harper," before he pushed her robe off her shoulders. Then he was back to kissing her and massaging her breasts, teasing her nipples until she cried out. She reached for the hem of his shirt and pulled it up until he lifted his arms and she tore it off. She ran her hands over his chest and he inhaled sharply. Then she was on to his boxer briefs, fumbling until he gently moved her hands away. He lifted her up until they were on their knees on the bed and he pulled his underwear off.

Harper smiled when his cock sprang free of his boxer briefs, hard and curved. She dove for it and licked the fresh drop of precum from its tip. She always loved how he reacted to that. She took him into her mouth and pressed her tongue flat against the underside of his engorged cock before swirling the tip around his head, teasing out more of his salty-sweet wetness. She sucked him hard until Flint groaned and grabbed her shoulders, hauling her back up.

"I'll come immediately if you keep doing that," he growled. "I want to remind you of what you've been missing." He kissed her mouth again, then trailed kisses across her cheek and down to the hollow of her throat. He ran his tongue between her breasts, down to her belly where he licked her belly button. He opened his mouth and grazed her

belly with his teeth, sending electrical currents zinging throughout her body.

"Flint," she moaned. She clung to his shoulders as he dropped down to her clit.

"Soaked for me again, Harper."

"Always for you. Always." Words abandoned her as he licked and sucked and flicked his tongue across the most sensitive part of her. The tension built and concentrated until she came hard against his mouth.

He laid her down gently, reverently. The last spasms hadn't faded yet when he entered her. He squeezed his eyes shut and groaned, filling her body, thrusting slowly, pulling back faster, driving her straight back into another orgasm. God, she'd never come again so quickly but Flint was playing her body like a fine instrument. She pulsed around him as he growled her name.

"Fuck, Harper, oh *fuck*. So fucking good." He gritted his teeth and drove into her. He threw his head back and moaned. His cock throbbed as he came deep inside her. Flint relaxed and opened his eyes. He lowered himself gently and pulled her up against him. Moonlight lay like a second blanket over their bed.

"Are you sure I didn't hurt you?" he whispered as he stroked her hair.

"God, no. I've never come twice like that before."

He smiled. "Good. That's good." He stroked her hair for a few minutes, just gazing into her eyes. Then he kissed her forehead. "I'll be right back." He got up and left the bedroom. She heard him open the refrigerator. He came back a minute later with a bottle of cold water and a couple of ibuprofen cupped in his palm. "Let's stay ahead of the pain."

She sat up and he handed her the water and the pills. She swallowed them and he kissed her. Then he got back in bed

and curled around her body, a big spoon to her little one. She'd never felt so safe, never dreamed someone would ever protect her like this. Not just her body but her heart. She'd never felt this way growing up. Her parents had made her feel raw and exposed, showing her off in public and ignoring her in private at best, at worst cutting her down whenever she failed to perform as expected, which was perfectly. She tried not to think about her mother's phone call that afternoon.

"I didn't get you the ibuprofen in time, did I?"

"Huh?"

"I just felt you flinch."

"Oh, no, it's not that."

"What is it?"

She turned in Flint's arms. "I'm just trying not to think about my parents. I owe them a phone call in the morning to tell them I'm alive, I guess."

Flint went stiff. "You owe them nothing." His voice was hard and flat.

"But they're my parents."

Flint sighed. He started to speak and stopped himself twice.

"What?"

"I don't know if I can tell you."

"No more secrets, Flint."

He finally nodded. "I don't want to tell you because I don't want you to hurt. But you're right. No secrets." He got up again and went over to his jeans hanging over the back of a chair. He reached into a pocket and pulled out his wallet. He sat on the bed and turned on the lamp on the bedside table. Harper blinked as she sat up next to him.

He turned the wallet over and over in his hands. He opened it and pulled out a piece of paper folded into quarters and handed it to her.

Harper unfolded the paper carefully. The creases were almost cuts, the paper was so old.

It was a check. A big check. From her father and made out to Michael Gray. Dated the day before she'd moved out of the house all those years ago.

Harper drew in a deep breath as Flint put his arm around her.

"He tried to buy me off to keep me away from you. That's why I was out with Stacy that night. I needed to talk to someone. Not my best plan, in retrospect."

"You never cashed this." Harper's voice trembled. He could have bought a house or a sports car with that check. Or traveled around the world. Or done any number of life-changing things.

"Nope, I didn't. Never planned to, either. Wasn't going to ever show it to you, but you need to see that you don't owe your parents one goddamned thing." He pulled her close. "I probably did the wrong thing here again."

Harper turned and kissed his throat. "No, you did the right thing. My father always made me feel like I had a dollar value and now I know what it is." She studied the check. "But you make me feel priceless."

Flint took the check back. Then he tore it into pieces.

They both slept well, deep and still and late into the morning. And the first thing Flint did after they made love in the morning light was to make an appointment to see a neurologist at the university hospital.

CHAPTER 23

Three days later and the news was all good for Kyle. Well, at least as good as could be expected when your life was never boring. He, Arden, Tex, and Melody were just sitting down to a late breakfast when there was a knock on the front door. Camo and Baby scrambled from their crumb-catching positions and ran to greet whoever was there. One look at the laptop screen on the kitchen counter told Kyle he had an expected and welcome visitor. He and Arden excused themselves to get the door.

"Gina!" Arden stepped onto the porch to hug the woman who had helped save her life. Gina looked surprised but gave her a warm hug back. Her dog, Fleur, was busy greeting Camo and Baby. Fleur's long tail whipped back and forth. She was about the same size as Baby, with a light brown coat and a small scar between her eyes. Kyle had always admired the rescued street dog for her intelligence, and he thought her personality matched Gina's as much as their golden-brown eyes matched each other's.

"Please, come in. We're just sitting down to breakfast," Arden said as she stepped back to let Gina in. "Where are

your bags? Are they in the car? Kyle, go get Gina's bags. I've got you set up in the extra-extra guest room."

"Yes, ma'am." Kyle saluted and started out to the car but Gina stopped him.

"No bags with me, Pup, just this." She held up her briefcase. "I already reserved one of those tiny houses at that place in Lyons. I didn't want to crowd everyone."

"Oh." Arden looked disappointed. "You wouldn't have crowded us. It's a big house."

"Arden has aspirations of running a B and B because she has absolutely nothing else going on and it gets boring around here," Kyle said with a wink.

Arden put her hand on her hip. "What? I'm a people-person. And a dog, cat, horse, chicken, goat, and alpaca person, too."

"Next time, I will stay with you." Gina smiled warmly and briefly grabbed Arden's hand.

Kyle had watched Gina turn into a bubbly, glad-handed socialite to work a room for information and do it without a trace of suspicion. But when it came to genuine shows of affection, she could be charmingly awkward. He also suspected that Gina had rented a tiny house not so much to keep from crowding everyone else but to maintain her own personal space.

"Come have breakfast with us. I'll set a bowl down for Fleur, too." Arden gestured for Gina to go ahead of her.

"Thank you. It smells really good." She tucked a lock of her chin-length, reddish-brown hair behind her ear.

They walked down the hall to the big farmhouse table. Tex and Melody were just pulling away from each other, both looking a little flushed.

"Can't leave you two kids alone for a minute," Arden joked.

"Guilty," Melody laughed. She grabbed Tex's hand and he

lifted it to his lips and kissed her fingers. Then he stood and walked around the table to shake Gina's hand.

"Good to see you again, Tex."

"Good to see you, Gina. Wish it was under better circumstances."

"Don't we all? Thank you," Gina said as Tex pulled out a chair for her in front of an empty place setting. "But I think we can enjoy this lovely breakfast before we jump into the debriefing." Gina set her briefcase down at her feet. She picked up the folded cloth napkin from the empty plate and spread it across her lap. She looked at the two other empty settings. "Is Harper all right? I have a surprise for her."

Arden grinned as she handed Gina a basket of biscuits. "She is. She insisted on helping me with the animals even though she's banged up from the car accident, and she's taking over the kennel for the next few days until Alex is better. Flint's in the computer lab and then he'll pick her up. They should be here any minute, actually."

"Harper's a slacker just like my lovely fiancée," Kyle said, beaming at her. "Knowing Alex, he'll be in there today saying he's fine."

Arden sipped her coffee. "I'm going to miss having her help, now that she'll be going back to work at Brainwave in a few weeks."

There was a knock on the front door before it opened. "We're here," Flint called. *Damn, he sounds happier than I've ever heard him* Kyle thought. No wonder though; he'd spent every spare minute with Harper. As they walked into the dining area beside the kitchen holding hands, they looked like they'd been together for years.

"Good morning. Have a seat and help yourself. You know the drill by now," Arden said.

"Thanks!" Harper sat in the seat Flint pulled out for her. She turned to Kyle. "You'll be happy to know that Buster was

starting to make friends today. Poor puppy was plastered to my side and he just watched all the other dogs play in the yard until Champ approached him. You should have seen his stubby tail wag. It was really his whole butt. They checked each other out and then Buster played a little bit before he came back to my side."

"He really likes you, Harper." Kyle took a bite of toast.

"Well, between his wounds and mine, we're a matching set at the moment." She pointed to her still-bruised face as Flint wrapped his arm around her. "But I'm getting pretty attached to him, too."

"My apartment allows dogs. Just sayin'." Flint and Harper grinned at each other.

"It'll be a while until he's ready for an overnight, I think," Kyle said. "He's welcome to stay at the kennels until he feels safe." Kyle hoped that day would come, that Buster wasn't permanently traumatized by the asshole who had starved and abused him. He was a young dog, and he had two professional dog trainers keeping an eye on him now, so there was room for optimism. "Then I think he'd be happy with you."

Harper smiled and her eyes sparkled. "I'd love that. I've always wanted a dog of my own."

"Done." Flint kissed the top of her head.

"So." Harper poked Flint. "Tell them your news." Her voice had gone serious.

Kyle held his breath. Flint had told him about the tremor the day before and that he was going to the doctor. Kyle hoped his brother had good or at least hopeful news.

"After the neurologist examined me and got some blood tests back, he's pretty sure it's not young-onset Parkinson's."

Kyle exhaled. "Good news, brother." They fist-bumped across the table.

"There isn't a definitive test for Parkinson's. It's more of a matter of ruling everything else out and looking at symp-

toms and history. He's got me scheduled for an MRI to look for a TBI. I never thought I'd be rooting to have a TBI, but that would be the best news."

"That's treatable," Harper said. "I've seen patients make pretty amazing gains with deep brain stimulation and the technology is improving every day. Tremors can disappear. We're optimistic." She beamed up at Flint.

"So glad for you, son," Tex said.

"We both are," Melody added.

"Hear, hear. Arden raised her glass of orange juice and they all toasted with coffee and juice.

After they'd cleared the breakfast dishes away, everyone sat back down and Gina paced in typical Gina-fashion while she gave the debriefing.

"James Hargrave was detained by a few of my friends as soon as he walked through the doors at DIA." Gina's 'friends' generally consisted of CIA agents, though she was also friendly with the FBI. Kyle figured James would be meeting some of them shortly if he hadn't already.

"Hargrave started out less than cooperative. The man is absolutely living in a dream world where he's the smartest guy in the room and nothing bad is ever his fault."

"Welcome to my ex-marriage," Harper murmured.

"Lucky for us, he is absolutely not the smartest man in the room. He also has zero sense of loyalty toward anyone, especially when his fat is in the fire, and he thinks he is above repercussions." Gina grinned wickedly. "He isn't."

"He rat out any persons of interest?" Tex asked.

Gina stopped and nodded at Tex. "Oh, yes. We've got some work for you, Tex, if you're up for it."

"Once I get back from my Colorado vacation."

"Perfect." Gina started pacing again. "We have one gentleman who we've been trying to connect to The Capitoline Group. We've discovered he has ties to Hargrave

through a tech start-up. You may be familiar with their work now."

"Too familiar," Flint said, "if they develop a certain type of computer chip."

"So with this connection, was Watchdog targeted from the beginning?" The thought made Kyle uneasy, though it wouldn't surprise him.

"I don't think so, Pup," Gina said. "Chalk that up to coincidence that Harper stabled her horse with you. But I think once James realized who he was dealing with, there's a good chance that he saw an opportunity and took advantage of it. He's a great predator that way, whether it's people or companies. Quite a feather in his cap with The Capitoline Group if he could claim responsibility for taking out Kyle McGuire and a few more Watchdogs. Tex, if they'd succeeded and figured out who you were, that would just be another bonus."

Tex grinned. "But instead, we took out Hargrave."

"And learned a little more about our enemies and their reach." She stopped pacing again beside Kyle. "Don't look so glum, Pup. You're doing good work here. I think Tex can agree."

"Agreed," Tex said. "You've got good people here." He nodded to Flint. "You take care of them, and they've got your back."

CHAPTER 24

"So, Harper, I have a little treat for you," Gina said. She retrieved her briefcase from beside her chair, set it on the table, and unlocked it. She pulled out a tablet and propped it up. "I have footage of Hargrave's capture if you'd like to see it."

Harper covered her surprised smile. "Are you serious? I can watch him go down?" She had tried to picture his reactions. She imagined he would be haughty, trying to make everyone around him believe he was right, that it was all a mistake. As it was, he'd managed to keep the footage out of the media. Or at least, someone had.

Gina grinned. "Yes, you can see the arrest. And not only that, but I'm authorized to let you talk to him in custody today, through my tablet. You'll be able to see him, but he'll only get your voice. You can say whatever you'd like to him. Fair's fair, after all."

Harper nodded slowly. It was a tempting offer. But what would he say back to her? "I'll have to think about that part. But I would love to see the video."

They all gathered behind Harper's chair so they could watch the screen. Flint rubbed her back, ever supportive.

Gina opened a tab and hit play on the video. The screen split into two, one side showing black-and-white security camera footage, and the other footage from a full-color body cam. The security camera in the ceiling showed Hargrave walking through the doors at Denver International Airport, pulling a carry-on suitcase. He looked scrawny and short to her, especially now that Harper had spent the last few days with Flint. James wasn't the tallest guy in the world, but he swaggered like he was seven feet tall. He didn't even try to camouflage himself in a hoodie and jeans but wore a tailored suit. The body cam simultaneously showed James from behind as FBI agents swarmed him.

James stopped and spun around, his hands warding them off like a swarm of bees. The body cam picked up his incredulous words. "There's some mistake, my ex-wife isn't with me."

Anger shot through Harper. "Oh, *now* I'm his *ex*-wife? When he's been fighting the divorce and wouldn't let me go?" she murmured.

"No mistake. James Hargrave, you're under arrest," one of the agents said as he pulled out a pair of handcuffs. Between the agents and officers—there must have been a dozen—Harper could see travelers stopping to watch the spectacle. Her attention flicked from one camera view to the other, watching people gather and point in the overhead view, and James' haughty smirk turn to dismay on the body cam.

"Do you know who I am?" He laughed and shook his head as if he were dealing with not-particularly-bright children, a maneuver he always used in business dealings to try and gain the upper hand. "I think you're looking for Harper Marling. She's very dangerous and unhinged."

The agents ignored him as Harper listened to someone

read him his Miranda rights. He lifted his hands as the agent with the body cam tried to cuff him. "Who the fuck do you think you are?" he sputtered.

"Oh, this is getting good," Harper said. It was so obvious that James actually believed that he'd done no wrong, that these men were mistaken. That he could somehow bully his way out of this situation.

Two other agents grabbed James, spun him around, and held him while the agent with the camera finally cuffed him. Behind her, Kyle clapped. "Bravo. Love this movie."

James hurled profanities. "Son of a bitch, I will own you! I will own *all* of you fucking assholes! You don't know who I am. You don't know who I *know*!"

"We do now," Gina said smugly.

"I can't believe he said that," Kyle added.

"Oh, that's James," Harper said. "Right here, he honestly can't believe this is happening to him."

The agents surrounded James as they led him out of the airport in handcuffs, one man gripping either arm. He tried reverting to his charming self. "You guys are going to have a good laugh when you realize just how wrong this is. You know what? I will buy all of you a bottle of whatever you like. Pick your poison. Drinks are all on me." And then he switched tactics again when they got to a waiting car and shoved him into the back. "Oh, you fucking losers! I will not put up with th—" The definitive slam of the car door was better than a slap across his smarmy little face.

The video ended. Gina knelt beside Harper. "Are you all right?"

"Yeah, Bird, you okay?" Flint used his gentlest voice.

"Guys, I'm fine. I'm better than I've been in a very long time." She reached across her body and squeezed Flint's hand resting on her opposite shoulder.

"Do you want to have a word with him?" Gina asked.

Harper took a deep breath. "Yeah. I do." Seeing him powerless for once changed something in her. But she wanted to be sure.

Gina picked up her tablet, stood, and tapped the screen. "Like I said, he won't be able to see you, but you'll see him. We have him in a room under observation. I can bring up the live feed on my tablet. If you decide you just want to watch him, that's fine, too. *You* are in control this time, Harper. It won't be like in the van when he held the cards."

Harper grinned up at Gina and shook her head. "Flint was the one in control there."

She was surprised to feel Flint shaking with humor. "No way, Bird. You were the one in charge."

"What do you mean? No way was I in charge of anything."

"Oh hell yes, you were. First, you kept your cool. Jesus, I don't know how you did that, especially before you knew I was there. Second, I heard you talking to Hargrave the whole time. I listened to how he tried to make you think you were crazy, or at least sound convincing to anyone listening in. But you refused to let him have that. You would not buy in to his reality. And it got to him. I heard it in his voice."

Yeah, she had too, she realized now. His haughty, smarter-than-you tone changed to anger as he realized he couldn't get her to do what he wanted. James couldn't make her cry, or beg, or confess.

He couldn't break her and he knew it. Even if he'd killed her, he knew she'd die free of him.

Gina set the tablet back on the table. "Here you go."

The camera view was overhead. James paced in a small room. His expensive suit had been replaced by an orange jumpsuit. He hadn't shaved and his beard was coming in patchy. His hair was a mess, like he'd been running his hand through it and pulling on the ends. Sure enough, he did just that as she watched.

Gina pointed to a red button at the bottom of the screen. "He can't hear us until you decide to press the button. When it turns green, you can speak."

Harper pressed the button.

"James."

He stopped and looked around. "Harper?" It was the first time she'd ever heard uncertainty in his voice. "Are you here in the building?"

"How are you?"

"How the *fuck* do you think—" He stopped and shook his head. He stretched his arms over his head then swung them as he chuckled. "I've been in better hotels before. The room service here leaves a lot to be desired." His voice had lightened, covered over with a veneer of joking. "Remember that one in Hawaii on Lanai? I still think about that view. I think about how gorgeous you looked in your swimsuit."

Flint's arm tightened around her shoulders. She glanced at his face expecting to see jealousy, but the look he gave her was nothing but protective. *You okay?* he mouthed. But he had nothing to worry about. Harper was just fine.

"Yes, that was quite the vacation. I'm surprised you remember that swimsuit."

His voice turned growly and he smiled. "Why? Because it ended up on the floor?"

"No, actually it never did. You're thinking of those bikini bottoms I found under the bed when I came back from my massage."

James scowled. "I told you those were already there, that someone must have left them and they didn't clean the room well."

"It was still wet from the pool, James."

His smile returned. "You always were jealous to the point of delusion. Believe what you want, I can't stop you."

"That's right. You can't stop me."

That wiped the smile off his face. He sat down in the wooden chair beside his cot. "Let's stop playing this game. I know you think I tried to kill you. You probably even have a few stupid people convinced of that too. But there's proof that you tried to destroy me. You've always been jealous of me. You've wanted everything I built. All my wealth, all my influence. But you have no idea, Harper. You have no idea who my friends are. They are way more important than you can imagine. They're going to straighten this out."

Harper glance at Gina, who watched the screen intently.

"I've never met these people, James. Where are they, now that you're in that tiny room?"

A look of pure hatred flashed across his face before he settled back into a serene smile. "This is just a test, Harper. Just a little test of my loyalty. They'll come for me."

"Really? What makes you say that?"

"Because I'm important to them." He tapped his chest.

"Like they're important to you?"

"Exactly."

"So, if your positions were reversed, you'd save them, just like they're going to save you?"

Wow. There it was again—that precious look of doubt. "It's just a test. I've almost passed it."

"There aren't coming, James. They don't care."

"They will. They know I'm important."

"Are you sure about that? They aren't here. But *I'm* here, James." Harper had let her voice go low and sultry.

That brought on a smile. "Yes, you are."

"I know *just* how important you are."

He laughed and shook his head. "Yeah, you do. You've always been smarter than you looked, at least about that."

"And I know what you want, James," she said lightly. "You want me to talk to the people here and tell them there's been a mistake and that you should be released."

"I do want that, Harper." He stood back up and paced again. "What do you want in return? You want my money? You want your job back?"

"You already gave me what I wanted, James," she purred.

"Yeah? What's that?"

"I got to see you powerless. I got to see reality slap you right in the face, and you know what? It's bigger and stronger than that delusion you've been living in. That claustrophobic little world you made me live in, too."

"Harper—" he snarled.

"You're giving me exactly what I want right now and you can't even stop it. I'm free and you aren't. I'm not doing a damn thing for you. I won. Have a happy life, James."

As he started to roar, Harper hit the green button on the screen, turning it red and muting him. She only watched the feed long enough to see him pick up the chair and throw it against the wall.

Flint kissed her ear. "That's exactly right, Bird. You're free. You won."

CHAPTER 25

Two days later

"Well, that the last of it," Tex said as he closed the back hatch of their rental. "Good thing we brought that extra empty suitcase." He smiled at Melody.

"What? There's no way I was going home without a suitcase full of souvenirs for the kiddos, and for Wolf and Caroline as a thank you for watching them."

Tex helped Baby into the back seat and closed the door. He draped his arm around Melody. "You mean more like a bribe for them to turn 'em back over to us."

"Well, they'd better, because as much fun as I've had, I've missed them."

Arden swooped in for a hug. "We're going to miss you. Please, come back any time, we'd love to have you again. Maybe with a little less drama next time."

Kyle shook Tex's hand. "There's always room at the Arden Holliday Volker B and B."

"One of these days to be renamed the Arden Holliday *McGuire* B and B," Arden said.

"Holiday?" Melody asked, her head tilted.

"With two L's," Arden said. It's my middle name, after my great-great-great-grandmother, Nancy 'Satin' Holliday."

"Sounds like a character," Tex said.

"Oh, she was." Arden chuckled.

"Still is," Kyle said, putting his arm around her. "When we met, Arden told me Nancy still haunts the ranch."

Tex grinned. "Yeah, so if y'all heard any creaking or bumping around in the night, that was Nancy."

Melody's eyes went round and her cheeks turned red as she tapped her husband's arm. "You are *terrible*."

"It was a good vacation," Tex answered with a wink.

They all burst out laughing, Arden especially. "One day I'll have to tell you about Nancy's scandalous life and then you'll *really* laugh."

"Guess that means we'll have to come back then," Tex said. He looked down at Melody. "Shall we hit the road?"

"Thanks again," Melody said as Tex helped her up into the SUV's passenger seat.

"Our pleasure," Arden answered.

Kyle and Arden waved until the rental disappeared down the lane.

"You did it," Arden said. "Tex was impressed."

"Thank you for helping me, babe. You made their stay a special one."

Arden turned toward Kyle and he put his arms around her. She gazed up into his face, her silver-gray eyes sparkling.

"Always an adventure with you."

"Who, me?" Kyle teased. He bent and kissed her. He had more plans, which mostly involved picking her up and carrying her back inside. They'd improvise from there.

"How about something a little different for our next adventure?" She kissed him again.

"Oh?" Kyle asked, though he knew exactly what she was getting at.

"How about something involving a white dress, maybe a top hat?"

Kyle laughed. "A top hat? Really?"

"There's one in a trunk in the attic. It's in perfect condition."

"Well, you'll look great in it then."

She stifled a laugh. "Fine. I had no idea you wanted to wear the veil."

"Uh. Wait a minute."

Arden cracked up. She stood on her tiptoes and kissed him. Kyle tangled his hand in her honey-colored hair and deepened the kiss until she made the soft sounds he loved so much.

"What do you say we start the honeymoon early?" He nodded toward the front door.

Arden smiled. "Yup, always an adventure."

CHAPTER 26

Late July

Brock "Badger" Jones heard the river before he saw it. The St. Vrain was riding higher than usual, thanks to a couple of back-to-back blizzards the winter before followed by a wet spring and early summer in the Rockies. The glacier-fed stream cut through the area's red sandstone, carving a path along a high cliff wall that towered over the town of Lyons.

Brock had meandered down to the river's westside bank after stopping by The Stone Cup for a to-go coffee. He loved this section of the river best. Lined with apple trees, cottonwoods, and paved with flat red sandstone slabs, this stretch of the St. Vrain bordered an old farm that had been converted into an open-air concert venue decades ago. Watchdog had been hired to provide security for an upcoming music festival alongside local law enforcement. Brock was part of the security detail and as such he would be given a tour of the grounds and buildings.

But that was supposed to be tomorrow. Today, he was trespassing.

Not for the first time. The former SWCC—Special Warfare Combatant-craft Crewmen, Swick for short—was drawn to the wild river his buddy Sean Voelker used to talk about all the time, the river he'd grown up with. He'd talked about it like it was the mother of all rivers.

And maybe it was. Brock had certainly fallen under its spell. Since coming to Colorado in April, Brock had visited the river as often as he could. Now that it was late July, the water was warm enough to enjoy for a brief summer window. Locals and visitors alike took advantage of the higher runoff to rent big black inner tubes and tube down the river, normally much lower by now and only good for wading in most spots, so Brock had been told. He'd already waved to a few people happily floating down the river to the park where the St. Vrain widened out and calmed a little and they could get out and carry the tubes back upstream to do it again.

Brock could hear people laughing and talking upriver. Their amplified voices bounced off the cliff wall. He caught snatches of music as musicians practiced their instruments a couple days ahead of the week-long songwriting class that culminated in a contest and performance at the very end of the festival. The hopeful musicians were staying in tents and RVs in a private campsite on the festival grounds. Their instructors—professional musicians in the folk, acoustic, and bluegrass scene—would mostly be coming in tomorrow to stay in the old stone farmhouse converted into guest quarters.

Brock smiled at their carefree laughter as it helped to elevate his blue mood. The voices helped bring life to the river. Brock walked toward the grounds around the bend. He'd stop just out of sight so that he wouldn't get into trouble. That wouldn't fly the day before he was supposed to be guarding the place. But Brock hoped to hear some of the

music and listen to other people having fun while he watched the water and the ravens who lived in the cliffs above it.

As he walked, he noticed something resting under one of the trees. Curious, he checked it out. A violin case. *Did someone steal this? Or was it a practical joke?* Whoever it belonged to must be frantic. Brock picked it up, trying to decide what to do. Should he just give himself away and keep walking along the edge of the river, around the bend to the farm, and ask the group there who it belonged to? Or, should he circle around to the front office and give it to someone there? No way was he going to leave it here where God knew what could happen to it.

Better to seek forgiveness than ask permission. He continued along the river, his coffee in one hand and the violin case in the other. Maybe they wouldn't even know he wasn't supposed to be there.

Another tube came into view, and riding it was a vision of a woman. Strawberry-blonde braids under a straw hat, tanned skin, red bikini. Brock stopped in his tracks. He wasn't one to gawk at a woman, but Lord have mercy. He looked away quickly before he embarrassed himself or scared her and resumed walking as the tube drifted closer.

"Hey! Hey, you!" she yelled as her tube passed. "Stop!"

"What?" Brock turned to look at her. She was already shooting past him, as this section of the river had some wicked rocks churning up the water and forming rapids.

She was trying to spin her tube around and sit up. "Stop! Someone help!" And then she was in the water.

Shit. Brock dropped his coffee and the violin and ran. The woman was paddling furiously toward the shore, her inner tube floating on down the river without her. The current was strong and carrying her away.

"I'm coming," Brock yelled as he ran along the bank

to catch up, then splashed into the water, warm in the shallows but quickly turning colder as he waded in up to his waist. She was doing her best to reach him, moving at an angle toward both Brock and the edge of the river. She wasn't panicking—not yet at least—which would make his job a hundred times safer and easier. Brock pushed off from the bottom and let the current carry him to her faster. When he reached her, she yelled for help again and swallowed water. *God, now she's panicking.*

"Calm down. Let me help." He reached around her and pulled. The water was thankfully shallower here and she'd done a decent job of getting herself closer to the shore. The rocks were sharp and Brock was glad neither of them had lost their sandals as he stood and helped her while she coughed and fought him. Somehow, she'd miraculously kept her hat, too. The current let up as they moved toward the bank until the water was only ankle-deep.

She finally coughed out the last of the river and took a deep breath. "Get…the hell…away from me, thief." She high-stepped away from him as she picked her way between the sharp rocks to the muddy bank.

"Thief?" *Oh, shit, the violin.* "No, wait, I found it," he called after her as she sprinted upriver to where he'd dropped the case and his coffee. He ran after her, then slowed and put his hands up, realizing what he probably looked like. "I'm not going to hurt you. I saw it while I was walking and thought someone had stolen it. I was bringing it back to find the owner, I promise."

But she wasn't paying attention. She was too busy opening the case to examine the instrument inside. "The way you dropped it, I was afraid you'd damaged my baby."

Wow. Now Brock was getting annoyed. "I'm sorry, but I thought it was more important to save your life."

Her head shot up and her green eyes locked on his. "Save my life? I was trying to save my fiddle from *you*. I was fine!"

"Fine? You were calling for help."

"I was calling for help against a guy trying to steal my fiddle." She huffed out a breath as she looked at the instrument. "You're lucky she's not damaged. You'd better hope a Good Samaritan pulled my tube out of the river or you'll owe me the replacement fees."

Damn, really? "Well, you owe me for the coffee I dropped." Brock gestured at the empty paper cup lying on its side, its lid off.

She studied him. Head-to-toe looked him over. Her cheeks reddened. "I should turn you in to festival security. I don't think you're supposed to be here."

"I *am* festival security." *Well, technically. Starting tomorrow, but who's watching the clock?* he thought. "I wanted to make sure your violin—"

"It's a fiddle."

"Okay, your *fiddle*, wasn't stolen. That's part of my job." *Well, sort of.* "What's it doing over here, anyway?"

She sucked in her lower lip and popped it back out, and damn was that hot. "I...didn't want anyone to watch me practice so I left it here. I don't like it when people watch me play." The anger seemed to drain out of her.

"Won't that be a problem if you're taking a music class and then competing in front of a crowd?"

"That's for me to worry about, isn't it?" She pushed past him. "Now if you'll excuse me, I have an inner tube to find," she said over her shoulder.

"Hey." He jogged to catch up with her. "Let me help."

"No, it's okay."

"I'm sorry about the confusion, but I seriously didn't want anything to happen to your fiddle."

"Thanks." She kept walking.

"I'm Brock, by the way. Brock Jones. My friends call me Badger."

"Yeah, I can see why." But she said it with a hint of a smile. "I'm Brianna Taylor."

"Wait." He paused and she stopped mid-step and looked at him curiously. "*The* Brianna Taylor, fiddle player?"

Her mouth dropped open and she frowned. "What are you talking about? Nobody's heard of me. I'm no one."

Brock grinned. "No one *yet*. So I just wanted to be the first one to say that before you win the contest and everyone knows who you are."

She made a scoffing sound as an incredulous smile spread across her lips. "You've never even heard me play."

"No, but I have a hunch about this. And my hunches are never wrong."

"Never, huh?" She arched an eyebrow.

"Nope. Just like I know we'll find your inner tube."

She rolled her eyes and started walking again. The river was to their left and the ground to their right started to rise as they walked into a canyon that carved around Lyons. A couple minutes passed before she said, "I'll buy you another coffee."

"I was kidding. You don't have to."

"Why? You didn't like it? Stone Cup, right?" She pointed up. They were about to pass under the bridge near the coffee shop in question.

"No, I love their coffee."

"You'd better because I work there, and I make a damn good cup of coffee."

"But not this week," Brock said, looking down at her. He'd been resisting doing that, because every time he looked at her it got harder to look away.

That got him a big smile. "Nope. Not this week."

"This week, you're Brianna Taylor, world-renowned fiddle player."

She shook her head. "'Badger' is right."

"Yup, I'm right."

She laughed. "That's not what I meant."

He was about to ask if she'd like to just skip finding the inner tube, climb the stairs on the other side of the bridge that lead to the street above and grab that coffee, when they spotted a couple of kids coming the other way. They were each carrying an inner tube slung over one arm and a third balanced between them on their heads.

"Do you know if someone lost this?" one kid shouted.

"Me," Brianna said. "Thank you!"

When the kids reached them, they bent and dropped the inner tube on the ground and started up the stairs to cross the town and drop back into the other branch of the river. They'd probably be at it all day.

"So," Brock said, grinning. "My hunch was correct. We found that inner tube, just like I'd predicted."

"Mmm-hmm." Brianna looked down at said inner tube while fighting back a smile. "We sure did."

"Because my hunches are never wrong."

"Whatever you say, Badger."

Brianna bent to pick up the tube but Brock beat her to it. "Here, let me carry that. And what do you say to that coffee?" He had another hunch she'd say yes.

"Um, I say that I don't want to show up at my place of business in a bikini with a fiddle, a giant inner tube, and a strange man right now."

Damn. "Oh. Okay."

"Why so glum? Wait...did you have a hunch I'd say yes?" Her green eyes glittered with mischief.

"No." *Yes.*

Brianna nodded. “Sure, because your hunches are always right.”

“Well, you did qualify it with the words *right now*.”

She sucked in her cheeks and pursed her lips. “I did, didn’t I?”

“So, I stand by my word that my hunches are never wrong.”

She laughed and shook her head. “Okay, Badger, how about you take that inner tube back to the rental place for me for the trouble you’ve caused? I need to get to practicing. But,” she held up a finger, “you said you’re doing security for the festival, so I guess I’ll see you around this week? Maybe at some point, we can go for that coffee.”

Brock smiled. “Sounds good. And hey, I was planning on spending my day off today by the river. Would you mind if I came back and listened in?”

Brianna frowned. “I told you, I don’t like playing in front of people.”

Brock held up a hand. But, you’ve got to play in front of people tomorrow, right?”

She closed her eyes. “Don’t remind me.”

“So, maybe I can help you, Brianna. Sort of a transition. I won’t sit in front of you. I won’t even tell you that I’m there unless you want me to. You’ll have an audience, but you don’t have to look at this ugly mug while you play.”

Brianna shrugged, but her cheeks pinked up. “It’s not *that* ugly.”

Score. “So what do you say? In all seriousness, I won’t if you don’t want me to, because I’m not a creeper. I’ll find a different part of the river to spend my day.” Brock meant it. He was worried that he’d pushed her too far. But he really did want to help her. Sometimes, his enthusiasm to help someone overrode his better judgment.

She studied him. Then she nodded. “Okay. You know

what? You're right. I have to break my cherry somehow." Her hand immediately flew to her mouth and she turned as red as her bikini. "God, I didn't mean that."

Brock pressed his lips together and looked away and he rocked on his feet. "Not gonna say a word."

She sighed. "Yeah, okay. Just let me know you're there so I don't freak out and we take this out of creeper territory. Then, just sit out of my view, and hopefully enjoy."

"Okay, I'll do that when I get back from this." He lifted the inner tube. "Question though."

"Answer." She grinned.

"If you don't play in front of anyone, how did you get into the class and the contest? I understand the competition is fierce."

"Oh, that was easy. I just had to upload a private video so I set up my phone in my room and played. The headlining acts judged the final round of entries and I guess I made it." She shrugged. "The hardest part of that was working up my courage knowing some of my favorite artists were going to hear me. I mean, I don't know how I'm not going to die this week when I *know* they're watching. We're supposed to meet them too and I have no idea how I'll get through that."

"You're gonna be fine. No, you're gonna be *great*. Because I have a—"

"Hunch," they said together.

Brianna laughed. "I'll see you—or rather, *not* see you—in a bit?"

"You will." He gave her a wave and turned to go up the stairs, wondering if and how he could tell her that he knew one of the headliners personally through Watchdog.

~

Brock and Brianna's story continues in Protecting Brianna, Watchdog Protectors Series Book 2, coming soon!

Read about Kyle and Arden's story in More than Puppy Love, Watchdog Security Series, Book 3: https://amzn.to/2OUajZv

Or start at the beginning with book 1, More Than Love: https://amzn.to/37Byen4

AFTERWORD

The town of Lyons, Colorado is a real place (Hey, fellow Festivarians!) though I've taken liberties with the geography both in town and the surrounding countryside. But if you ever go tubing in the St. Vrain, do watch your backside—those rocks are *sharp*!

Same deal with any persons depicted—everyone is a product of my imagination.

So is the technology—to a point. Every day, researchers are studying the brain and are improving on ways to treat TBI's, Parkinson's, dementia, epilepsy, and improve the quality of life for people with artificial limbs. Computer chips are also getting smaller and more complex. I've imagined scenarios where this developing technology can be used for good or for evil.

I've tried to depict as accurately as possible military working dogs and service dogs—their training, their challenges, and their devotion to their people. There is an amazing program called Puppies Behind Bars (PBB) that trains prison inmates to work with dogs who become services animals that can do anything from detect explosives

to helping wounded veterans and first-responders with PTSD. This is a win for everyone! I've known a couple of dogs trained in the program and they are simply amazing. So are the people who make PBB happen. For more information, check them out at https://www.puppiesbehindbars.com/

ALSO BY OLIVIA MICHAELS

Watchdog Protectors Series

Protecting Harper

Protecting Brianna (Coming Soon)

Protecting Grace (Coming Soon)

And more…

Watchdog Security Series

More Than Love

More Than Family

More Than Puppy Love

More Than Paradise (June 2021)

More Than Thrills (Coming Soon)

More Than Words Can Say (Coming Soon)

More Than Beauty (Coming Soon)

More Than Secrets (Coming Soon)

More Than Life (Coming Soon)

ACKNOWLEDGMENTS

First, thank you, Susan Stoker for letting me play in your world! I loved Tex the minute I 'met' him in your books and was very excited for this opportunity to add to his and Melody's story. I hope I've done them justice.

As always, thank you, Reader, for giving me a chance. I hope you enjoy reading both the Watchdog Security and Watchdog Protectors series and that I can give you a fun little escape from reality for a while. My goal is to create a world that you would love to live in, because those are *my* favorite kinds of books. I hope to see you around on Facebook, or join the newsletter at https://oliviamichaelsromance.com/ so I can thank you personally!

Not gonna lie, this book fought me tooth and nail the entire time I was writing it. Have you ever seen those videos where someone is running a marathon, and just before the finish line, something happens and she trips and crashes to the ground? And then other runners stop and help her up and get her across the line? I was surrounded by those 'runners' who helped me back up over and over while I wrote

Protecting Brianna—Caitlyn O'Leary, Riley Edwards, Celeste Fields, Ophelia Bell, Godiva Glenn, Emily, Becca Jameson, Sara Judson Brown, Marsha McDaniel, and Rayne Lewis. Love and gratitude to you all!

ABOUT THE AUTHOR

Olivia Michaels is a life-long reader, dog-lover, gardener, and a certified beachaholic. When she's not throwing a Frisbee for her fur-baby, harvesting tomatoes, or writing, you can find her playing in the surf, kayaking, or kicking back on the sand and cracking open a romantic beach read.

Never miss a release from Olivia Michaels by signing up for the Olivia Michaels Romance Newsletter. Be the first to read advance excerpts, see cover previews, and enter giveaways at https://oliviamichaelsromance.com/

Follow Olivia on BookBub at https://www.bookbub.com/authors/olivia-michaels

Want more? Come be one of Olivia's Lovelies on Facebook.
https://www.facebook.com/groups/639545290309740/

There are many more books in this fan fiction world than listed here, for an up-to-date list go to www.AcesPress.com

You can also visit our Amazon page at: http://www.amazon.com/author/operationalpha

Special Forces: Operation Alpha World

Christie Adams: Charity's Heart
Denise Agnew: Dangerous to Hold
Shauna Allen: Awakening Aubrey
Brynne Asher: Blackburn
Linzi Baxter: Unlocking Dreams
Jennifer Becker: Hiding Catherine
Alice Bello: Shadowing Milly
Heather Blair: Rescue Me
Anna Blakely: Rescuing Gracelynn
Julia Bright: Saving Lorelei
Cara Carnes: Protecting Mari
Kendra Mei Chailyn: Beast
Melissa Kay Clarke: Rescuing Annabeth
Samantha A. Cole: Handling Haven
Sue Coletta: Hacked
Melissa Combs: Gallant
Anne Conley: Redemption for Misty
KaLyn Cooper: Rescuing Melina
Janie Crouch: Storm
Liz Crowe: Marking Mariah
Sarah Curtis: Securing the Odds
Jordan Dane: Redemption for Avery
Tarina Deaton: Found in the Lost
Aspen Drake, Intense
KL Donn: Unraveling Love
Riley Edwards: Protecting Olivia

PJ Fiala: Defending Sophie
Nicole Flockton: Protecting Maria
Alexa Gregory: Backdraft
Michele Gwynn: Rescuing Emma
Casey Hagen: Shielding Nebraska
Desiree Holt: Protecting Maddie
Kathy Ivan: Saving Sarah
Kris Jacen, Be With Me
Jesse Jacobson: Protecting Honor
Silver James: Rescue Moon
Becca Jameson: Saving Sofia
Kate Kinsley: Protecting Ava
Heather Long: Securing Arizona
Gennita Low: No Protection
Kirsten Lynn: Joining Forces for Jesse
Margaret Madigan: Bang for the Buck
Trish McCallan: Hero Under Fire
Kimberly McGath: The Predecessor
Rachel McNeely: The SEAL's Surprise Baby
KD Michaels: Saving Laura
Lynn Michaels: Rescuing Kyle
Olivia Michaels: Protecting Harper
Wren Michaels: The Fox & The Hound
Annie Miller: Securing Willow
Kat Mizera: Protecting Bobbi
Keira Montclair, Wolf and the Wild Scots
Mary B Moore: Force Protection
LeTeisha Newton: Protecting Butterfly
Angela Nicole: Protecting the Donna
MJ Nightingale: Protecting Beauty
Sarah O'Rourke: Saving Liberty
Victoria Paige: Reclaiming Izabel
Anne L. Parks: Mason
Debra Parmley: Protecting Pippa

Lainey Reese: Protecting New York
KeKe Renée: Protecting Bria
TL Reeve and Michele Ryan: Extracting Mateo
Elena M. Reyes: Keeping Ava
Deanna L. Rowley: Saving Veronica
Angela Rush: Charlotte
Rose Smith: Saving Satin
Jenika Snow: Protecting Lily
Lynne St. James: SEAL's Spitfire
Dee Stewart: Conner
Harley Stone: Rescuing Mercy
Sarah Stone: Shielding Grace
Jen Talty: Burning Desire
Reina Torres, Rescuing Hi'ilani
Savvi V: Loving Lex
Megan Vernon: Protecting Us
Rachel Young: Because of Marissa

Delta Team Three Series

Lori Ryan: Nori's Delta
Becca Jameson: Destiny's Delta
Lynne St James, Gwen's Delta
Elle James: Ivy's Delta
Riley Edwards: Hope's Delta

Police and Fire: Operation Alpha World

Freya Barker: Burning for Autumn
B.P. Beth: Scott
Jane Blythe: Salvaging Marigold
Julia Bright, Justice for Amber
Anna Brooks, Guarding Georgia
KaLyn Cooper: Justice for Gwen
Aspen Drake: Sheltering Emma
Alexa Gregory: Backdraft

Deanndra Hall: Shelter for Sharla
Barb Han: Kace
EM Hayes: Gambling for Ashleigh
India Kells: Shadow Killer
CM Steele: Guarding Hope
Reina Torres: Justice for Sloane
Aubree Valentine, Justice for Danielle
Maddie Wade: Finding English
Stacey Wilk: Stage Fright
Laine Vess: Justice for Lauren

Tarpley VFD Series

Silver James, Fighting for Elena
Deanndra Hall, Fighting for Carly
Haven Rose, Fighting for Calliope
MJ Nightingale, Fighting for Jemma
TL Reeve, Fighting for Brittney
Nicole Flockton, Fighting for Nadia

As you know, this book included at least one character from Susan Stoker's books. To check out more, see below.

SEAL Team Hawaii Series

Finding Elodie (Apr 2021)
Finding Lexie (Aug 2021)
Finding Kenna (Oct 2021)
Finding Monica (TBA)
Finding Carly (TBA)
Finding Ashlyn (TBA)

Delta Team Two Series

Shielding Gillian
Shielding Kinley
Shielding Aspen
Shielding Jayme
Shielding Riley
Shielding Devyn (May 2021)
Shielding Ember (Sept 2021)
Shielding Sierra (Jan 2022)

SEAL of Protection: Legacy Series

Securing Caite (FREE!)
Securing Brenae (novella)
Securing Sidney
Securing Piper
Securing Zoey
Securing Avery
Securing Kalee
Securing Jane

Delta Force Heroes Series

Rescuing Rayne (FREE!)

Rescuing Aimee (novella)
Rescuing Emily
Rescuing Harley
Marrying Emily (novella)
Rescuing Kassie
Rescuing Bryn
Rescuing Casey
Rescuing Sadie (novella)
Rescuing Wendy
Rescuing Mary
Rescuing Macie (Novella)
Rescuing Annie (Feb 2022)

Badge of Honor: Texas Heroes Series

Justice for Mackenzie (FREE!)
Justice for Mickie
Justice for Corrie
Justice for Laine (novella)
Shelter for Elizabeth
Justice for Boone
Shelter for Adeline
Shelter for Sophie
Justice for Erin
Justice for Milena
Shelter for Blythe
Justice for Hope
Shelter for Quinn
Shelter for Koren
Shelter for Penelope

SEAL of Protection Series

Protecting Caroline (FREE!)
Protecting Alabama
Protecting Fiona

Marrying Caroline (novella)
Protecting Summer
Protecting Cheyenne
Protecting Jessyka
Protecting Julie (novella)
Protecting Melody
Protecting the Future
Protecting Kiera (novella)
Protecting Alabama's Kids (novella)
Protecting Dakota

New York Times, USA Today and *Wall Street Journal* Bestselling Author Susan Stoker has a heart as big as the state of Tennessee where she lives, but this all American girl has also spent the last fourteen years living in Missouri, California, Colorado, Indiana, and Texas. She's married to a retired Army man who now gets to follow *her* around the country.

www.stokeraces.com
www.AcesPress.com
susan@stokeraces.com

Made in the USA
Columbia, SC
21 November 2024

46991260R10133